どにち放浪記

群　ようこ

幻冬舎文庫

どにち放浪記

目次

東京ビビンバどにち放浪記

「ぴあ」（ぴあ）１９８４年７月13日号〜１９８５年４月５日号

怒りのようこ吉祥寺を歩くの巻

久しぶりに地元吉祥寺のスカラ座で「ミスター・マム」を観た。映画なんぞを観るのは考えてみれば一年ぶりである。ふだんは会社と家との往復、日曜日は原稿書きというむなしい毎日である。そのうえ労働と収入のバランスがあきらかにくずれている。

その日私の財布には三千円しかなかったが、どう考えてもこの映画は観たかったので、のこのこ出かけていったのだ。席に座って、場慣れしていない私はしばし緊張していた。その日たまたま運が悪かったのか、私の席のまわりの観客、これがひどかった。客の八割が大学生風のカップルでイチャリンコイチャリンコしている。上映前から彼女の肩に手をまわし、髪の毛をいじったりしているのである。私は思わず中に割って入りたくなったがググッと気持ちをおさえた。あとは女三人のやたらギャンギャンうるさいグループで、最初は少し離れた所でさわいでいたのが、上映寸前に、

「ちょっとォ、カズコォこっちのほうがいいわよォ」

と私の後ろの席に陣取ってしまったのである。気がつくと隣りにはむさくるしい毛だらけ

の男が、それほど面白くないギャグでもガハハと大声を出して笑い、事あるごとに、

「あ〜あ、おもしれーなぁ」

とひとりごとを言ってうるさくてたまらない。後ろでは例の女三人のグループが過激にはしゃぎ、子役が出てくれば、

「かわいいー」

を連発し、面白い場面では地べたが揺らぐほどの大笑い。

「ギャッハ、ギャッハッハ」

とお互い肩を叩きあい、すさまじい迫力のお笑い三人組なのである。やっと静かになったかと思うと今度はボリバリボリバリというポップコーン責め。映画は面白かったが、悲惨な状況であった。

六時十分にスカラ座を出て、ブラブラと平和通りを歩きながら、何となくパルコにむかう。ちょうどおばさんたちの晩御飯の買い出し時刻と重なったらしく、狭い歩道は巨大尻に占領されてスムーズに歩けない。これではダメだと車道を歩こうとしたらバスにひかれそうになってしまった。仕方なく巨大尻をかきわけかきわけ角のパルコにたどりつく。

地下二階のブックセンターでどんな新刊が出ているか見てみようとエスカレーターで降りかけると七階でローリング・ストーンズの写真展をやっているというので、急遽予定を変更

して七階へむかう。

ここではいろいろなイベントをやるのでこまめにチェックしておかないと、あとでひどく悔しい思いをすることがよくある。入場無料というのがとってもよろしい。会場には二台のビデオがセッティングされ、ミックが元気に「ビースト・オブ・バーデン」を歌っていた。椅子が十五、六人分くらい置いてあったが、前のほうに陣取っているのがどういうわけか、外人と日本人のものすごいオデブのおにいちゃんで、その脂肪だらけの肉体が、ビデオから流れるストーンズメドレーにあわせて不気味なノリをみせているのである。思わず目をそむけたくなる光景であった。展示されているオリジナルプリントはカラー十万円、モノクロ八万円で、キースのシブいポートレートがあったが、ただ私はじーっと熱いまなざしでそれをみつめるだけ。しかしそのほかに生写真としてコンサートのスナップ写真まで売っていたのにはア然とした。ストーンズを堀ちえみやマッチと一緒にしないでほしい！　とブツクサいいながらブックセンターに行くと、ここもまたすさまじい混雑であった。

金もないので仕方なく棚を眺めていると傍らにいた幼稚園くらいのガキども二人が、ナントカランジェリーという、一見女向き、実はスケベな中年向きのムックを広げ、

「シンちゃんどれが好き？」

「え、ボクはね、この赤いの」

などといっている。横目でじーっと見ているとそのガキどもはブラジャーとガーターベルトのセットを指さして何だかんだとマジメに話し合っている。そこへ母親らしき人がきて、

「あんたたち一体何やってんの!!」

と絶叫もろともガキどもの頭をひっぱたき、修羅場と化していた。

お腹がすいてきたので好物の大判焼の店、「筑波根」へ行く。白、うぐいす、あずきの三種類で一個七十円。一個ずつ買う。それをかかえていたら、しばらくお高だんごを食べていないなぁと思い、駅前の暗くて細い露地をうねうねと歩いていく。途中エロ雑誌専門店の前で一人たたずんでいるおっさんあり。何だろうと思って近づいてみると、そんなに立派でもない○○○をボロッと出してじーっとしているのである。私はお高だんごは食いたし、しかし好きでもないおっさんの○○○など見たくないという葛藤の結果、男連れでないゆえの悲しさで、今回は涙をのんでお高だんごは断念したのであった。

高級店、マジックミラー活用説

今回私に課せられた使命は高級洋服店に入るということである。「ま、一度くらいはそういうところへ行ってみたかったからね、店員にまとわりつかれたっていつもの要領のよさでうまくかわすから平気、平気」などと大胆にも考え、銀座のみゆき通りを闊歩していった。

紳士服店が並ぶ一角に、有名なデザイナー氏の店を発見した。彼の容貌はどちらかといえばゴジラに似ていて、およそ美を創造するにはほど遠いと思われる風体であるが顧客には大物女優をはじめ、やんごとなき方々も名前を連ねているのである。想像したよりもずっと間口の狭い店のガラスのドアの前で私はしばし悩んだ。店が開いてるのか閉まっているのか見ただけじゃ全然わからないのである。当日は日曜日で閉まっている店も多かったが、そういう店はシャッターを降ろすなり貼り紙をするなりして閉店の意思表示をしているのだが、ここには何もない。ウィンドーには黒い布をバックにあざやかな赤い布地とアクセサリーがディスプレイされている。店員さんはいないのかと思ってそこから中をのぞきこむと、どこか見覚えのある女の顔……よくみたら自分だった。敷きつめてある黒い布とガラスが鏡のような役目を果たしているのだ。今度は背のびしてドアにへばりついて中をのぞいても全く人のけはいがない。どうやらここでは服を売っているわけではないようで、布地があったところを見るとオーダーする人が生地を選ぶためにこういうところに来るのであろうか。とすると、実はこの黒い布に細工がしてあり、マジックミラー風にこっちからは見えないが向こうからは丸見え方式で、女優とかお金持ちの奥様、お嬢様連中が来た時だけドアを開けるというふうにしているのかも。アクセサリーにもプライスなんかついていない。私は見えない何者かに品定めをされているような気がしてだんだん不安になってきた。で、結局はえもいわれぬ威圧感にまけて、あたりをキョロキョロしながらその場を去っていったのでありました。

商売気ないのネ、この通りって

土曜日、午前中の神田のすずらん通りはしーんとしていた。行きかう人々はただ通路としてしかここを利用していないようだ。牛めしのたつ屋のみ学生でにぎわってはいるものの、その他の店は閑散としていて活気がない。何となく商売気が感じられないのだ。

ブラブラと通り沿いにある店を眺めながら歩いていると、「イセヤ」という古銭、切手を扱っている店が目に入った。私はウィンドーにいろんなものがゴチャゴチャ置いてあるとつい周囲の目も忘れてウィンドーにへばりついてしまうという癖があり、今回も例外ではなかった。切手は色とりどりでまことに美しい。〝鳥の切手セット〟〝世界の花の切手シリーズ〟などが三千円とか、五千円という値段がつけられているのを見ても、

「やっぱりこのくらいするのね」

と素直に納得できる。ただ、同じウィンドーに陳列してあった古銭、これが想像を超えてバカ高いのに驚いてしまった。ビンの王冠をぺったんこに押しつぶして一か月程外にほっぽり出して雨ざらしにしたものを持ってきたとしか見えないようなもの（それがジャラジャラ

と入れてあったボール紙の箱には鉄銭と書いてあった）が二千五百円もする。そののほか鉄の破片としか見えないようなものが四千円。ただただウィンドーに鼻を押しつけて驚いている私の姿を見ても、店の主人は「いらっしゃい」などとあいそをいうわけでもなく知らんぷりをしている。

「こういう商売で店は成り立っているのであろうか」

というのが私の疑問であった。しかしウィンドーの中程に飾られているピッカピカのエリマキトカゲコイン（一枚百円）と、

「おみやげによろこばれる」

という紙切れと共に店の入口に貼りつけてあった、地方の土産物屋にいくと必ず売っている誰も買わない一万円札の図柄のハンカチに、そこの店主の唯一の遠慮がちな商売気をみたような気がしたのである。

怒ってしまうような通りでした

六本木である。ナウイ街である。さぞやトップファッションで身をかためた男女がゾロゾロ歩いているだろうと思ったら、今回もまたあてがはずれた。はずれたどころではない。まるでゴーストタウンであった。ホント銀座にしろ六本木にしろどうしてこう日曜日に店を閉めておるのだろうか。この星条旗通りにある店もほとんど閉まっている。ストロベリーファームという洒落た喫茶店の中をのぞいたら、そこにはいかにも〝アバンギャルド〟というカンジのカップルがいた。女性のほうは、うしろ刈り上げ、その分顔面にドサッと前髪がおおいかぶさっているというヘアースタイル。服装はまっきいろの地のヒョウプリントのブラウスに革ジャンをはおり、唐辛子のような真っ赤なツメをしてタバコをスパスパ吸っておった。片や男性は、右半分が耳の半分くらいでプッツリ切ったオカッパ風、それなのに左半分はジグザグに刈り込み模様をいれたメチャクチャなヘアースタイルをした金髪青年であった。

「うっ、お茶でも飲もうと思ったのに……」

私は図々しい性格ではあるが、こういう人々がたむろしている所に身を置くのはどうも苦手な人間であるので、仕方なくトボトボと歩き出した。が、興味をそそられるものは何もない。私の目の前にいるのは手に手をとって強風の中をヨロヨロと歩く老夫婦二人だけである。そして東大物性研究所のドーンとしたドイツ的雰囲気を漂わせた建物、そのむかいには普通の一戸建ての家、汚いモルタルアパート、これまたメチャクチャな風景である。ピューピューと風が吹いていくなかで元気がいいのは路端のスズメと西麻布公園でキャッキャと遊ぶ御近所のガキどもばかりなのであった。

暗いドイツ風建物の隣りには突然明るくルンルンした星条旗新聞社の建物。そのへんにあるものをすべてかき集めてきたという印象の通りなのである。こんなクソつまらない通りにわざわざ星条旗通りなんて名前つけたりして、怒るよホントに!!

インディアンの火祭りキムチ

御徒町の焼肉横丁でキムチを買い求めるというのが今回の私の使命である。今までの銀座、神田、六本木と土日は閑散とした通りばっかりだったが、ここはビニールの買物袋片手に家族連れが歩いているというのんびりした通りであった。まるきんという肉、香辛料、朝鮮食品を扱っている店に入ってみると、棚には辛そうなまっかっかの粉やタレが並べられている。私はそこでキムチ（五百五十五円）とオイキムチ（キュウリ五本で五百円）、朝鮮人参ネクター一缶（三百円）を買ったらおばさんが五円おまけしてくれた。レジのむかいには豚足など豚関係の肉、内臓がドワッと並べられていたが、私の料理の腕では太刀打ちできそうにないので今回は調理する必要のない漬物分野を重点的にアタックすることにした。

正直いって今まで私はキムチは苦手だった。焼肉屋へいってもせっかく肉をパクパク食べていい気分でいるのに、キムチを口にしたおかげで肉の味なんかブッとんでしまい、顔はカッカ、頭はジンジン、眼は血走り、口の中と胃はまるでインディアンの火祭りといった具合になるので意識的に避けていたのだ。しかし今回のは本場ものである。早速家に帰って包丁片手におそるおそる食べてみた。確かに唐辛子がきいているから辛いのだけどその辛さが全然あとに残らないのだ。今まで焼肉屋で、あまりの辛さにコップの水で洗って食べたことすらあったあのキムチは一体何だったのだとだんだん怒りがこみあげてきた。

「こういう味で当然なのだ」

　この味は漬物という立場のまっとうな味である。オイキムチのほうもポリポリと丸のままあっという間に三本食べてしまった。こちらはあまり辛くなく、しょっぱくもなく、ちょうどいい塩かげんで白ゴマ風味がなかなか香ばしい。最後の仕上げは朝鮮人参ネクターで、いかにも元気になりそうなニオイと少し苦味のあるジュースで、なかなか私好みの味でありました。今度は店の中を隅から隅までニラみつけていろんなものを買ってこようと私は決めてしまったのである。

古い造りの店をのぞいてみた

神楽坂を坂下のほうから歩いていった私はひどく後悔した。この坂けっこう勾配がきつく、息切れしてしまったからである。おまけに私の後ろをキャッキャッと騒ぎながら歩いていたガキが、ころんだ拍子に反射的に目の前にあった私の尻の肉をわしづかみにしおって本当にたまげてしまった。痛む尻をさすりつつ、ゼーハーゼーハーしながら間口の狭い店が並んでいる通りを歩いていった。そこへ突如あらわれた格子戸カワラ屋根の、時代劇に出てきそうな小さな一軒家。酒場、すき焼「万平」とかいてあったが雰囲気はモロ空家で、そこだけ空気がおどろおどろしいのだ。

やっと平坦な道になりホッとしていると、琴、三味線を取り扱っているお店がある。小ぢんまりしたウィンドーに、簡単な曲なら弾けるという長さ三十センチくらいの小さな琴と花梨三味線金四万五千円也が飾ってあった。が、ここでまたたまげた。店の中をのぞいても和とじの楽譜らしきものが並べられ純日本風の雰囲気なのだが、なぜかウィンドーには琴、三味線と共に、今大流行しているソープバスケットの手法によって作られた白鳥の置物に千五百円の値段をつけて売っているのである。私はその前で、琴、三味線とソープバスケットの関係はいかにとしばし悩んだが、多分そこの奥さんか誰かが作ってみて上手にできたので趣味と実益をかねて、売り物に与える影響など全く無視していっしょくたに並べてしまったのであろう。なかなか大胆なことである。

　ここだけではなく古い造りの店はどういうわけか店の中に人影がない。足袋の美濃屋もそうだった。中をのぞいてもそこには〝スイート二重足袋〟がズラッと並んでいるだけである。ウィンドーがあってもそこに商品を効果的に飾ろうという意欲はないようにみえる。美濃屋のウィンドーにはポツンと一袋、〝和装婦人用ひざ下スタッキング〟が置いてあるだけ。来たい人は勝手に来ればいいよ、という感じのあまり商売気のない店なのであった。

一時間半の柴又道中

東京に生まれて三十年間、はずかしいことに今まで柴又の帝釈天に足を踏みいれたことはなかった。こういう機会でもなければ重い腰を上げることもないだろうと、処女地柴又にむかった。まず吉祥寺から十一時三十三分の総武線に乗る。窓からは太陽サンサン、ちょうどホンワカホンワカ車内の暖房もきいて、ついうとうとしたのが運のツキだった。耳元で「ウギャー」というすさまじい泣き声がしてパチッと目がさめ、「一体ここはどこかしらん」とキョロキョロすると、電車は私が降りるはずである秋葉原駅をたったいま発車したところであった。「あ、あっあ」と指さす私の横では赤ん坊がギャンギャン泣き続けている。私も泣きたくなってしまったが、次の駅でUターンし、山手線に乗りついで上野駅までいった。で、そこから京成線に乗りかえるわけだが、途中で「アナタハカミヲシンジマスカ」にとっつかまりそうになったので足速に逃げる。やっと京成線に乗り、ガラ空きの電車の中で時計をみると十二時半。成田行きのカッコいいスカイライナーが隣りのホームに停車していたりして、駅自体も私が想像していたよりずっときれいだった。「京成線とバカにした私が悪かった」

と内心あやまりながら揺られていると、女性の声でアナウンスが入る。これがなかなか観光旅行っぽいのだが、事実だんだん駅も粗末になり、おまけに「次は○○です」と駅名をアナウンスしたあと「メガネ、メガネ、メガネのホリキリ」とCMが入るのである。これには驚いた。なかなかソツのない商法である。驚きつつ京成高砂駅につき「さあ柴又行きに乗りかえるぞ」と思って時刻表をみると、何と一時間に三本しかないのだ。午後一時台にたったの三本。小さいホームに人はあふれんばかりで、やっときた電車の中はもちろんスシヅメ。髪の毛をふり乱してやっと柴又駅についたのが一時十分という旅であった。柴又はとっても感じがいい所だったので、京成電鉄はみんながもっと気軽にいけるようにぜひ電車の本数について再考を願いたい！

カラフトアオアシシギ下さい！

私は自他共に認める方向オンチである。今回も場所は私の家の近くとはいいながらどうも迷いそうな気がしたので、駅から出るとすぐ歩いているおばさんをとっつかまえ、「朝市はどこでやってるんですか」ときいた。するとそのおばさんは仁王立ちになり、「あっち！」とつっけんどんに南の方向を指さす。ところがあっちこっちウロウロしてもわからず、仕方なく交番へかけこんでやっと場所を教えてもらったのである。私は「朝市でタコ焼きとイカ焼きを食べよう」としっかり心に決めて楽しみにしていたのに朝市の屋台をのぞいてみると、イカとタコはすでに売り切れていてガッカリした。「あのおばさんのせいで私の楽しみが一つ減ってしまったではないか、バカ」と心の中で悪態をついて仕方なく他になにかないかと道の両側に並んでいる出店を物色した。野菜、文房具といったものが売られている中でなぜか郵便局の出店があり、記念切手を売っている。店番をしているのはお金出納係の中年のおじさんと、販売担当のお兄さんの二人。置いてある切手の種類は十種類ぐらいなのだが、買いにくる人は年寄りばっかりでやたら時間がかかるのである。私の前にいたおばあさんは

「この鳥のを一枚と、花のを三枚と、これを二枚と……」といった具合にこまかくバラバラに買うのでお兄さんも混乱してきて、そのうち金銭的におばあさんとモメたりしたものだから、たかだか十二、三枚の切手を買うのに十五分もかかっていた。

私は目ざとく買う種類を決め、

「すみません。このカラフトアオアシシギとミヤマウスユキソウの切手を六枚ずつ下さい」ときっぱりといった。お兄さんは「はいはい」といって袋に入れようとしたが、その切手シートを見て「あのー、このカラフトアオアシシギの切手はハンパで残ってるのが八枚なんですけど、八枚じゃダメ？」という。私は「いいですよ」と答えた。すると今度はひとりごとのようにつぶやいた。「あー、ミヤマウスユキソウのほうも七枚残ってる。どうしたらいいかなぁ」「いいわよ！　七枚買うから」「そうですかぁ、すみませんねぇ」

お兄さんは急にニコニコして切手を袋に入れてくれた。郵便局では何枚でも売ってくれるのに、どうしてここだとハンパじゃいけないんだろう。何か損したみたいなどと考えたが、寒風吹きすさぶなか、ガタガタ震えながら手を真赤にしていたおじさんとお兄さんの姿を思い出し、ま、しょうがないとあきらめることにしたのだった。

イカビン、タコビン、丸スキビン

合羽橋道具街は、以前から行ってみたいと思っていた。しかし私の住んでいるところからだとまさしく東京横断になってしまうので、実行に移しかねていたのだが、今回は趣味と実益をかねており、誠にグッドタイミングであった。

やはりプロ向きの店が建ちならんでいるため、通りを歩いている人もそれっぽい男性が多くて、私なんかがキョロキョロしているとひどく異質なのだ。荒物屋ふうの店が途切れると、ふつうの会社のような造りの竹本容器がある。中をうかがうと、若い女の子がデスクに座って電話をしていたりして、こういう店の前に立つと「素人は相手にしてくれないんだろうなぁ」という思いが頭の中をかけめぐり、仕方なくウィンドーをのぞくしかないのである。ここは社名のとおり、ポリ容器からビンに至るまで容器の専門店なのだった。右手のウィンドーにはポポンSとかシナールといった錠剤を入れるようなポリエチレンのビン、真中にはファーストフードの店頭にあるケチャップやマスタードをブチュッと押し出す容器や美容院の棚に置いてあるシャンプー、リンスをうすめて入れてある半透明の容器、そして左手のウィンドーにはガラスビンと素材別にたくさん並べられていた。私は特にガラスビンが大好きで、消毒用エタノール、味付けノリが入っていたふたつきガラスビンなど、何を入れるわけでもなくただとっておくという性格なので、「ああこのビンいいなぁ」と思いながら端から一つ一つビンを眺めていった。何と一cc用のビンというのもある。大きさは小指の先くらい。金色のフタと本体が同じような大きさで、それには〝一cc丸スキ〟というラベルが貼ってある。もう一度よくウィンドーの中をみると、同じ型にみえるビンにも一つ一つちゃんと品名のラベルが貼ってあるのだった。大理石風の小ビンには〝マーブル〟、昔おかあさんの鏡台にあったような黒い丸い小ビンは〝黒丸香水〟、透明で中ほどがプクッとふくらんでいるのは〝コマ〟、似ているけどそのふくらみ具合が鋭角的なものが〝室町〟というのだ。中でも一番笑ってしまったのが喫茶店やコーヒー豆を売っているところによく豆を入れて飾ってあるガラスの円錐型に足のついているビン、これを〝イカ〟という。円錐ではなくその部分が丸みをおびていると〝タコ〟というのだ。〝イカ中〟〝タコ小〟と書いた容器がズラッと並べてあり、ビン好きの私としては本当に面白い店でありました。しかし気軽に「おばさん、これひとつちょうだい」と買えない雰囲気だったのが惜しい。

永遠のタイムスリップ

国電巣鴨駅前には広い通りがあって、なかなか都会的である。立派な商店街がずらっと軒を並べ、老若男女が入り乱れて歩いている明るい街なのだ。ところが、一歩地蔵通りに足を踏み入れるとまるでタイムスリップしたような感覚に襲われる。駅前にいた子供や女学生、若い男の子たちはいったいどこにいってしまったのかと思うほど、みわたすかぎり、おばさん、おばあさんばっかりなのである。駅前を行きかう人々の服装が、赤、紺、黄、緑とカラフルなのに比べ、こちらのほうはグレー、茶色、そしてあずき色といった具合で何となく印象が暗いのである。そしてほとんどのおばさんが厚地ウールの半コートを着ている。腹部のせり出しを考慮してか、ウエストを共布のベルトで結ぶデザインで、下はもちろんズボン。毛皮などを着ている人は全く見かけず、そのかわりに毛糸で編んだ正ちゃん帽をかぶっている人が多い。そういった衣装のおばさんたちが建ち並ぶ店の中からわらわらと出てくるので、本当にここは一九八五年の東京なのだろうかと正直いって寒気すら感じてしまうのだ。おばさんたちはあっちこっちと店に入っていろいろ物色しているようだった。私はその品揃えを見て、なぜこの通りがおばさんばっかりなのかということの答えを見出した。それは、おばさんしか欲しがらない、おばさんしか似合わないものしか置いてないからである。

　まず、ラクダ色のメリヤスの下着（ちょうどバミューダパンツがメリヤスになったと思ってもらえればよい）。そのズロースというものが堂々と店頭に山積みになっていて、おばさんたちは羞恥心も何もなくそれを下半身にあてがって品定めしている。隣りには紫色の地にピンクの花柄の別珍のはんてん、今から二十数年前だったらどこの洋品店でも見かけたものだが、まさか未だにこのテのものを売っているとは思わなかった。店の天井からは〝毛皮の衿巻き〟という白、茶、黒の幅十センチのとりあえず毛皮状のものがブラブラとブラ下がっており、あずき色の別珍のタビまで売っているのである。靴屋さんの店頭には裏にボアが貼りつけられているショートブーツ（というとカッコイイが、単なる合成皮革の短グツ）が、〝あたたかい〟という札と共に三十足くらいズラッと並べられている。こういった品々を若い女の子が買うわけないのである。ともかくこの通りはこの調子でタイムスリップしたままずっとやっていくしかないのだろうが、まさにどうあがいてもどうどう巡りという悲哀を感じたのである。

肉体のケイレンよ……

私がかつて行ったことのある音楽喫茶はひどく暗かった。レッド・ツェッペリン、グランド・ファンク・レイルロード、ローリング・ストーンズが耳もつんざけとばかりに大音響で穴蔵のような店内に響きわたり、客が下をむいてリズムにあわせて体をケイレンさせているといった具合だった。客というのも何をやってるんだかわからない人たちばかりで、男は長髪、ヒゲ、サングラス、女はカーリーヘアに厚化粧、カラスのような色のゾロゾロした服を着て煙草をふかしまくっており、〝明るさ〟とか〝健康的〟などという雰囲気にはおよびもつかないものだった。あれから月日はめぐり十五年後、まさか再び音楽喫茶に足をふみ入れるとは思ってもみなかった。

最初に「O・V・House」に入ってみて驚いた。雰囲気が暗くないのだ。お店の人も短髪で言葉づかいもハキハキと元気よく、誠に清潔感あふれているのだった。店内のテレビからはミュージシャンのビデオが流されている。マイケル・ジャクソン、スティービー・ワンダー、ほかにもたくさんいたが名前を知らないのでこのへんで割愛。客層もカタカナ職業風、学生風カップルなど肩よせあってにこやかに話す姿を見ていると、十五年前の肉体のケイレンよ、今いずことといった感じなのだ。おまけにここの料理はなかなかのもので、四川豆腐、帆立とエビのイタリアンソースもおいしかったのだが、それを食べつつ上目づかいにしてビデオを見る姿というのは場末のラーメン屋でラーメンをすすりつつプロレス中継を観るのと大差ないのである。どうも音楽にどっぷりと身をまかせるといった趣向の店ではないようだった。

次は過去の音楽喫茶の影を少しひきずっていると思われる「ｅａｔ　ａ　Ｐｅａｃｈ」である。店は真黒にペイントされて中に入ったとたん、私には十五年前に見たわけのわからない人々の肉体のケイレンが一瞬よみがえった。ブルース・スプリングスティーンの声が店内いっぱいに響きわたる。といっても狭いので普通の音量でもすぐ響きわたってしまうわけ。暗い、狭い、大音響の三拍子が揃っていて私には誠になつかしい思いがしたのだがここもカウンターの中にいる男の子が白いトレーナーを着て、とても愛想がいいのである。現代の音楽喫茶は明るかった。とっても楽しい若人の社交場となっていた。「ああ、時代は変わってしまったのだやっぱり」私は何となく欲求不満のまま下北沢をあとにしたのである。

私は「チチカカ」を楽しんだ

久々の渋谷であった。実は私、渋谷という街が大大大嫌いなのだ。日曜日の午後、風吹きすさぶ寒い日だというのに見渡す限り人、人、人だらけ。しかも、小生意気に小学校低学年とおぼしきお金持ちのお嬢たちがしっかと手をつないで買い物をしていたりするのを見かけてしまった。ここもだんだん低年齢化しているようである。

今回の通りはまだ世間一般で認められていない、実はまだ名もない通りであるらしい。ま、そういうところのほうがマシな店があることが多いのでそれを期待していったのである。そこは通りというよりも単なる路地だった。もし雪が降ったら二日や三日、そこに積もったままとけないのではないかと思われるくらいに陽あたりが良くない。あのにぎやかな表通りを歩いている人々に完全に無視されているようで、私が行ったときすれ違ったのは三人組の学生風の男の子だけ。でも人がいないだけホッとするからできればこのままの状態のほうがよろしいと思う。

私は「ラ・ソワレ」というフランスのリボンやビーズなどを売っているお店にぜひ行って

みたかったのだが、あいにく当日はお休みでした。で、他の店をブラブラしてみて一番面白かったのが「チチカカ」という中南米の雑貨衣料品の店。私は値段もピンからキリで、こういうこまごましたものが置いてある店を棚の端っこから逐一みてまわるのが大好きで、お店のお姉さんに悪いなぁと思いつつ天井みたり床みたりして楽しんでしまった。手織りの布がテーブルセンターくらいの大きさで七千二百円程度。日本の絣のような柄と色合いでとてもきれい。特にオススメは百五十円の小さい鳥の置物。なんとオニキスでできていてたったの『百五十円！』なのだよ。色もアメ色で、口の中に入れてしゃぶりたくなっちゃう。こういう店の楽しさはただ帯状になっているカラフルなヒモとか、房のついた正方形の布をどういうふうに使うかを考えつつ商品を眺めるところにある。エスニック調のきれいなビーズもいろいろ種類があって値段も手ごろだったし、お店のヨークシャーテリアも鼻をフガフガ鳴らしながらかけよってきたりして、なかなかこの店は私の趣味にあって面白かった。結局私は夜中の原稿書きの際の冷え予防のために、草木染の太毛糸で編まれたかわいい編み込み模様入りのヒザ上までくるレッグウォーマー風靴下（？）を三千六百円で買い求め、ホクホクして帰ってまいりました。

パッと開けて明るいところ

私が大学時代をすごしたのは江古田という町だった。洒落た喫茶店もなくただゴミゴミした駅前をうつむいて歩いた。何しろ地元の商店街と商店街の間に、

「どうも、おじゃましますー」

とせせこましく建っているといった具合で、全く〝学生のための町〟といった雰囲気ではなかった。

それにくらべて国立の大学通りはせせこましいどころか目の前がパッと開けている明るいところである。駅前の通りは、広々としているわりには車の通行量も少なく、信号無視してどんどん人や犬が渡れるくらいなのだ。並木に沿って南のほうへドンドン歩いていくと、私服、制服の高校生とすれちがう。私があのくらいの年ごろはもっといじけた顔をしていたような気がするが、すれちがうとどの子ものんびりした優しい顔、悪くいえば人のいいボーッとした顔をしている。しかしそういう顔のほうが、国立の町には似合うようだ。歩道に絵本を並べて売っている、「銀杏書房」という本屋さんがあったので入ってみる。昔なつかしい

バンビの絵本、とび出す絵本などすべて洋書。棚には哲学書や陶器の本など、一揃い三十三万円という全集ものもある。このテの洋書屋さんでとり扱っている本は異常に値段が高いという先入観があるが、意外に安いし掘り出しものがあってプレゼントに最適。子供がボタンをはめたりヒモを結んだりする練習ができるように、ボタンやヒモがとめつけてあるミッキーマウスの本やクリクリ坊主のアボカドベイビーの絵本など大人が見ていてもあきない。そこで私はあれこれひっかきまわし、アメリカ製の紙人形の着せかえが一冊の本になっているものを買い求めた。女の人は子供のころ〝きれいなおよめさん〟などという紙製の着せかえ人形で遊んだことがあると思うが、あれよりももっと印刷がきれいで小道具までついているのである。今いくよ、くるよの太ったほうに似た女の子に着せかえするという私にとっては非常に親近感のあるものだった。チンチンチャイナマンとかペットの猫の着せかえまでついていてこれで千八十円は安い！　他にもピーターラビットの着せかえもあり、ここはかなりおすすめできる洋書屋さんです。

ホクホクしながら通りを歩いていくと、向こうからなにかに憑かれたような若い男の集団がゾロゾロと歩いてくる。よく考えてみると今日は国立大学の二次試験日だったのだ。みんなうつむき顔は暗い。その姿はこの町ではとても異様だった。〝悩み〟とか〝苦労〟といったこととは全く無関係な明るい通りでありました。

群ようこのビデオでっせー

「週刊朝日」（朝日新聞社）１９８６年４月11日号〜１９８６年12月19日号（隔週連載）

映画「ゴーストバスターズ」

家でふんぞりかえってビデオを観ているときに、トイレにいって戻ってきたとたん、そのまま観ているのが急にかったるくなって、巻き戻してしまうことがよくある。ところが、この「ゴーストバスターズ」は、途中トイレで三回、電話で四回、お腹がすいたのでラーメン作製のために約十分間、中断したのにもかかわらず、胸ワクワクしながら最後までしっかりと観てしまった。とにかく、次にどんなゴーストが出てくるのか、何が起きるのか、それが知りたくてしょうがない。とくに大詰めの、巨大なマシュマロマンがのっしのっしと歩いてくる場面。結局はゴーストバスターズに撃たれてやられてしまうときの、「あっ!!」という顔がなんともいえず、何度もピクチャーサーチボタンを押し、顔が画面に映るたんびに、私は足をバタバタさせて、「かわいい、かわいい」と喜ぶ始末であった。途中で巻き戻されたままになったり、早送りされたりするビデオは、ビデオとして生まれてまことに不幸である。やはりビデオとしての価値は、ピクチャーサーチボタンをどのくらい使用したか、ということにあると思っている。

「話の話」

最初に「話の話」を観たとき、ものすごく怖かった。おかあさんのオッパイを飲んでいる赤ん坊の目も、それを眺めるオオカミの子どもの目も、全然笑ってない。色彩も地味で、バックには明るい音楽さえ流れていない、ちっともかわいくないアニメーション映画だった。一回観てしばらくほうっておいたが、どうも気になってしかたがない。結局、怖いだの不気味だのといいながら、五回観てしまったのだが、観れば観るほど面白くなってきた。笑っていない目も、渋い色調も、私の神経を休ませてくれる。これは「動く絵画」である。子どものころに、じっと絵本を見ていて、ふとした瞬間に絵が動いたような気がしたことがよくあった。「あれっ」と不思議に思った感覚が、このビデオを観ていたら、じわじわと私の体じゅうによみがえってきた。夢だか現実だか、よくわからないけれど、自分だけとっても楽しい思いをしたような、あの気分である。これを観ただけで、溜まりに溜まった三十女の毒素が抜けて、四、五歳の無垢なかわいい女の子に戻ることができるという、まことに喜ばしく、ありがたい作品でありました。

「視覚を超えた驚異の世界」

学校の講堂に暗幕を張って強制的に見せられた、映画教室を彷彿とさせるビデオである。当時は場内が暗くなったとたんに眠くなって、ろくに画面など見なかったが、この「見えないものを見せる」ビデオはなかなか面白い。

なかでもいちばん驚いたのは、ユタ州立大学で行われている、盲目の男性の大脳に六十四個の電極を埋め込み、視覚中枢に直接画像を送ってしまうという実験。彼の耳の斜め後ろには黒いフタみたいなものがくっついていて、研究者が白いコードの束をドライバーでグリグリと接続している。まるでサイボーグのような姿だったが、それによって、彼は目で見えないものが見えるのである。

そのほか、人のマツゲの根元に必ずいる、小さなヒルといった形状のデモデックスホリピユロールム、ヒフにボッコリ穴をあけて、ちゃっかり住みついている疥癬虫《かいせんちゅう》など、体がモゾモゾとかゆくなってくるものもあるが、どれもこれも「ふーん、すごいなあ」と素直に納得して、楽しいお勉強のひとときを過ごしたのであった。

「ドヴォルザーク『新世界より』ほか（カール・ベーム指揮／ウィーン・フィル）」

クラシックもいいものだ、と思えるようになったのは、つい最近である。それまではヘッドホンで、耳もつんざけとばかりにハードロックを聴いてもなんともなかったのに、いまはそんなことをすると、頭のなかがジンジンして、めまいまでしてくるようになった。

クラシックを聴いているとホッとするが、クラシックのビデオは、ホッとしすぎて眠くなるのが難点である。指揮はカール・ベーム、ウィーン・フィルの演奏という豪華版でも、出演者がピョンピョンはねまわるでもなく、ただ黙々と楽器を演奏している姿を見ていても、あくびの数がふえるだけ。大御所のベームもビデオで見ると、お箸を持ってボーッと立っている単なるおじいさんで、指揮をしているのかいないのかもよくわからない。ウィーン・フィルがベームなど無視して、勝手に演奏しちゃっているのではないか、と思えるくらいだった。

やはり、音楽関係のビデオというのは、見ていて臨場感が味わえないと意味がない。テレビで放送されるクラシック番組のほうがよっぽどマシで、このようなビデオがなぜ存在するのか、私にはよくわからない。

「デスパウダー」

血がドバッと出たり、首がすっとんだりする映画やビデオが大好きな人がいる。あんな気持ちの悪いもの、よくみられるもんだとずっと軽蔑していたから、これをみるのも、なかなか勇気が必要だった。なにしろただ立っているだけで怖い泉谷しげるが、監督、脚本、主演、美術、音楽の五役をこなしたというのだから、首なんか平気でぶっとびそうな気がしたからだ。レプリカント狩りをする女（村上里佳子）は鉄のツメで泉谷しげるの目をえぐる。彼女と行動をともにしている男（某若手人気俳優）は、泉谷しげるに手を切り取られ、半魚人のような形相になり、ガウガウと苦しみ、うめきながら皮膚がブヨブヨに変化していく。

しかし、日本の俳優がこういうことをやっていると、気味が悪いというよりも、「あのハンサムが高木ブーみたいになっちゃった。ハッハッハ」と単純に笑えるのだ。唐突にRCサクセションのキヨシローまでギター片手に登場するし、なかなか面白かった。が、やはり最後のほうはヌルヌルグチャグチャで、スパゲティ・ナポリタンを食べながらみるのは避けたほうがよいと思う。

「ニンジャII――修羅ノ章」

外国人が日本の風俗を描くと、だいたいトンチンカンなものになってしまうが、やっぱりこれもそうだった。一九八三年につくられた作品とは思えないほど、時代錯誤がはなはだしいが、そのバカバカしさに笑えるところが取りえである。

時は現代、自分の家族を謎のニンジャ軍団に惨殺された日本人男性（ニンジャ＝ショー・コスギ）が、復讐のため、友人だったアメリカ人男性（滞日二十年の間に潜かにコウガ流を学んだ外国人ニンジャ）と戦う。

ふだんはスーツ姿の日本人ニンジャが、いざ街頭で悪玉と格闘となると、パッとズボンの裾をまくりあげる。何をしてるのかと思ったら、靴下の中に隠し持っていた武器の扇子を取り出していた。ベルトのバックルは手裏剣になるし、忍者部隊月光の変身セットを身につけているみたいなのだ。憎き敵とビルの屋上で対決するときは、双方、黒装束のニンジャスタイル。日本人ニンジャの胸には、ツルのワッペンが輝いている。そして息をのむ決戦の前でさえも、きちんとむかいあい、正座して深々とお辞儀をした姿をみて、私は思わず大笑いしてしまったのである。

「ジョン・サンボーン」

思えばいままで、ビデオで映画ばっかり見ていて、ビデオアーチストがつくった作品を集中的に見るのはこれが初めてだった。「ジョン・サンボーン」という名前をきいてもピンとこなかったが、このビデオに収録されている「イヤー・トゥ・ザ・グラウンド」を見て、やっと、「ああ、このビデオの作者か」とわかった。

きちんとスーツを着用し、帽子をかぶった英国サラリーマン風の若い男が、木琴を弾くときに使う棒の先に玉がついたバチを持って外に出て、ニューヨークの街に存在するもの（地べた、壁、交通標識、手すり、ゴミ箱、電話ボックス）などをチャカポコチャカポコと叩きながら歩きまわる。この若い男を、プロのパーカッション奏者が演じているので、バチさばきも鮮やかなホンモノのテクニックである。

他の収録作品もどれも映像がきれいで、見ていて楽しい。たまには、こういうビデオもいいなあ、と思ったのだが、見る環境が14インチのボロテレビに六畳のタタミ敷き、近所の子どもの泣き声がギャースカ聞こえてくる部屋では、いまひとつ気分が盛り上がらなかったのも悲しい事実であった。

「ダークドリームズ　セクシーデビル」

のっけから素っ裸のおねえちゃんが、四つんばいになって、一人でグニャグニャしていたので、相当ヒワイなのではないかと思ったが、内容はけっこうひょうきんだった。

のっぺりしたピーナッツのような顔をした男が、悪魔を呼ぶための「悪魔キット」を購入したところから話は始まる。彼の願いをきいてやってきた悪魔というのが、毛深い体に金ピカのネックレスをちらつかせ、エリのデカい花模様のシャツを着ている。ラテン系のテキ屋みたいな男。この男がのっぺりピーナッツに「五十年間の酒池肉林のあと、地獄に落ちる」契約書にサインさせようと、色仕掛けで誘惑するというストーリー。

登場する女はみな美人。セリフはほとんどなく、すぐ服を脱いでしまう体自慢ばかりである。ところが、裸の美女が登場しても、気の弱いのっぺりピーナッツはただ見とれているだけで、ベッドシーンなど皆無。ただヒラヒラとこれみよがしに女たちが美しく舞い踊るだけ。まさに動くプレイボーイ、ペントハウスのヌードグラビアといったかんじの女体観賞ビデオであった。

「マイアミ・バイス1、2」

私は日本の刑事ものドラマが嫌いだ。ストーリーはワンパターンだし、ただピストルを撃ちまくって血が流れるだけ。そして、スケジュールの都合かしらないが、ほとんどの場合、刑事が殉職して職場を去る、というのがまことにくだらない。

この「マイアミ・バイス」は以前から、「なかなかのもの」という噂はきいていたが、見てみたら噂どおりの面白さだった。なにしろ主役の刑事、ドン・ジョンソンがカッコイイ。この刑事、妻との仲は冷えて別居中のため、ヨットにペットのワニと一緒に住んでいる。「天才バカボンのおまわりさん」みたいに、めったやたらとピストルを乱射するわけでもなく、ただ静かに鋭い目つきをして、毎日、麻薬の密売ルートを追い続けているのである。日本の刑事ものが、みんなで仲良く犯人をつかまえよう式であるのに対して、「マイアミ・バイス」のほうは、同じ刑事仲間であっても信用していいのかどうかわからない、という不安と人間不信が根底にある。だから、人に対する哀しさや厳しさがあって胸にグサッとくるのである。一見の価値あり。

明るい男女交際のための「アラビアのロレンス」

私はいままで、映画館に足を運んだことが、ほとんどない。真っ暗な中で、じーっとスクリーンを観ていることが苦手なため、だれもが知ってる名画といわれている作品ですら観ていないのである。

これではいけない、と最近やっと気がつき、私は情報をかき集めるため、知り合いの映画好き人間たちに、いちばん好きな映画は何か、ときいた。すると、男性がリストアップしたなかで、最も多く票を獲得し、輝く第一位に選ばれたのは、**「アラビアのロレンス」**だった。私はこれを観ておけば、男性心理がよくわかり、今後の明るい男女交際に役に立つのではないかと期待して、暑いさなかクーラーのない部屋で、三時間二十七分を、じーっと画面を見つめていた。

ところが、出てくるのは、灼熱の砂漠と男とラクダばかり。色仕掛けですり寄ってくる女なんか出てこない。また監督のデビッド・リーンが、ギリギリと照りつける太陽をアップにしたり、画面に真っ赤な色しか、映し出さなかったりして、それを観て私は汗をダラダラ流し、まさに部屋はサウナ化していた。

で、第一の目的である男性心理の理解であるが、正直いってこの点はよくわからなかった。しいていえば、とっぽい軍人のロレンスが、アラブ人を引き連れ、死に直面したり悩んだりしていくうちに、顔つきが男らしく変わっていく。「ふだんは間抜けなことをやってても、やるときゃ、やる」という、気迫が第一位に選ばれた理由でありましょうか。

これを観ていたら、「男はつらいよ」ということばを思い出してしまったが、三時間二十七分、その「つらさ」が観るに耐える映画であった。

年波、小ジワにめげないJ・フォンダは立派だ

私はずっとエアロビクスを軽蔑していた。レオタード姿であういうことをやっている女は、媚びているようで、どうも虫が好かなかった。

あるとき取材でエアロビクスをやるハメになった。徹夜あけでボーッとした頭のまま、生まれて初めてだというのに中級クラスにぶちこまれ、一時間半ぶっとおしで動きっぱなし。しかし、だんだん気分がよくなり、終わったあとにジムトレーニングまでしてしまい、インストラクターに「ぜひトレーニングしてください！　体力の持ち腐れですよ!!」といわれて

しまった。

で、図にのった私はその翌日**「ワークアウト」**とは別のビデオを購入した。通販の筋肉モリモリになる機械のうたい文句みたいに、「こっそりと人に知られず」に美しくなろうと思ったのである。

しかしそのビデオは、エアロビクスではあるのだが、いかにも肉食人種といった、厚化粧の金髪美女が、やたらと四つんばいになったり、股を開いたりする。アングルも、私が知りたいのは全身の動きなのに、胸とか尻とか、パーツばっかり撮って、なんの意味もなさない。おまけに号令もタメ息まじりで、独身男性の夜の友といった雰囲気であった。

それにくらべ、この「ワークアウト」は健全そのものである。ジェーン・フォンダが寄る年波にもめげず、小ジワにもめげず、首をスジ張らせながら、なかなかのプロポーションでがんばっておられるのは立派。マジメにエアロビクスに取り組もうとする人には、いいかもしれないが、目の保養のつもりで見ては、面白くないだろうなという気もした。

話す言葉を聞いてみたら子泣きジジイは関西育ち

私の友人に、霊がみえる女性がいる。学生時代、家に遊びにいくと、「トイレの窓のすぐそばにある柿の木の下に、赤ちゃんを抱いた女の人が立っているから、みてごらん」といったり、岩井海岸で水死した女の子二人の霊をみたり、というふう。何も見えない私は、ただ「えっー?」といいながら、うろたえるばかりであった。三十路を越えて、その力も衰えてきたらしいが、都内某所を通ると必ず、霊がいるのがわかり、ひどいときには、肩におぶさってくるような感覚がするらしい。

霊というと、たたりとか怨念とか、あまりいいイメージはないが、妖怪というと怖いけどかわいい雰囲気があっていい。この**「妖怪大戦争」**は、十八年も前につくられたもので、セットや妖怪たちもいまからみるとお粗末なのだが、それもまた、ほのぼのとしていいのである。

バビロニアの妖怪ダイモンが、風とともに日本に上陸してきて、情け深いお代官様の体を借りて、仲間を増やそうとする物語である。それを目撃したのが、代官屋敷の池に棲んでいるカッパ。日本の妖怪紳士録を調べ、「わけのわからぬ外国の妖怪は追っぱらってしまえ」と人間と一致協力して、人間社会を脅かすダイモン撲滅を図るという、正義の物語でもある。

日本の妖怪軍団の主導権を握るのが、妖怪界でもメジャーの、カッパと子泣きジジイ。傘おばけはいまひとつマヌケていて、すぐ足手まといになってしまう。おなじみの妖怪が、次々に出てくるが、私はこのビデオで子泣きジジイの喋ることばを聞き、はじめて彼が関西出身だということを知った。

いじめられっ子も結局は一緒に仲良く遊んでた

子どものころ、楽しみにしていた番組のひとつに、**「チビッコ・ギャング」**があった。音痴のアルファルファ、ビックリすると毛が逆立つ黒人の女の子、憎たらしい白人のデブガキなど、いたずらで汚れ放題汚れた格好をみて、自分と同じような姿の外国の子どもたちに、親近感を覚えたものだ。

このビデオに収録されている作品は、一九二三年に作られたものである。日本で一九二三年に何があったのか、と標準日本史年表で調べてみたら、関東大震災が起こっていた。日本が震災であたふたしている一方、アメリカでは悪ガキどもが走りまわっている映画が作られていたわけだけれど、今回久しぶりに「チビッコ・ギャング」を観て、いじめられ役が、ほとんど黒人の子どもだったことに、はじめて気がついた。

ガキどもは、危険なことが起きそうな予感がすると、黒人の子どもをそそのかして、先発隊として行かせる。この子が素直に行くところがカワイイ。彼はお化け屋敷で、「どうして幽霊は青白いのばっかりで、黒人のはいないのかなあ」という。ガキどもが「暗いところに出るのに、色が黒いとわからないじゃないか」と答えると、「幽霊が灯りを持ってたら、黒人でもわかるんだけどなあ」と残念そうにいうのが、またカワイイ。いじめられっ子をおちょくりながらも、結局はみんな一緒に仲良く遊んでいたのは、私たちも同じであった。

これを観て育った私は三十路を越えたが、登場していたガキどもは、今では七十歳前後だろう。彼らのその後は知るよしもないが、やっぱりアメリカ版「あの人は今」みたいな番組に、出演したりしてるのかなあとふと思ったりしたのである。

仲人を引き受けた両親は毎日喧嘩ばかりしていた

私の両親は、一度だけ仲人をしたことがある。しかし式の一週間前の雰囲気たるやすさまじく、父親は丸暗記しなければならないスピーチをブツブツくりかえし、母親は「着る服がない！」とわめき、二人ともイライラして、毎日喧嘩ばかりしていた。そして式が終わり、風呂敷に包まれた引き出物を玄関前に置くやいなや、二人はよろよろと腰くだけになり、そのまま布団を敷いて寝てしまった。それほど仲人というのは神経を使うものであったらしい。

いまの私は、仲人をたのむこともないだろうし、ましてや仲人をたのまれることもありえないから、他人ごとですませていられるが、これからの結婚シーズンにあたり、仲人をたのまれた夫婦は、さぞ大変だろうと思う。

この**「がんばれ仲人さん」**を見る前には、実用モノにありがちな、バカバカしいことを生マジメにやって、結局はお笑いビデオになってしまっている、というパターンではないかと思っていたのだが、見てみると、タイトルどおり、「心配することはありません。失敗しても助けてくれる人は、まわりにいくらでもいるから、のびのびやってください」と勇気づけてくれる内容だったので、とても好感がもてた。

これを見れば、結納から披露宴まで、ひととおりの流れがわかるし、式場でうろたえても、どの係の人にたずねたらよいかまで教えてくれるので、親切である。

夫婦そろって三十分間、じーとビデオを見ておけば、上手じゃなくても、心がこもっていればいいということがわかって、肩の上に乗った重い荷物も、少しは軽くなるはずである。

バレエのトウシューズは少女時代の夢だった

私が子どものころに読んでいた、「マーガレット」や「少女フレンド」には、必ずバレエ漫画が載っていた。日本伝統の「忍耐」を美徳とする内容で、バレエ団の、お金持ちのイジワル少女のいじめに耐えたけなげな少女が、あこがれのプリマの座を獲得するというものであった。それをみて、素直に、

「あれだけいじめられても、がんばってエライなあ」

と思った。そして、雑誌の綴じ込み付録の「森下洋子ちゃんのチュチュ姿」というブロマイドをていねいに切り取り、どら焼きが入っていた紙箱にためていたのである。あの白いヒラヒラしたチュチュや、トウシューズは、ミソ汁とメザシで育った私には、まさに「夢」そのものだった。

ところが、漫画でポーッとなって、いざテレビで日本のバレエ団が演じるバレエ中継をみたら、女の人はともかく、男の人の格好に愕然とした。漫画では、十頭身くらいのスタイルで、目に星を入れていたのに、現実は筋肉質の足に白いタイツをはき、あっちこっちがモッコリしていてとても不気味な光景であった。

今回二十年ぶりくらいでバレエをみたが、ロイヤル・バレエ団演ずる、この**「くるみ割り人形」**は、とてもかわいらしく優雅で、なかなかゆったりした気分になれた。男性の白いタイツ姿も少ないため、ギョッとすることもなく、私からすれば、神業としか思えない羽のように軽やかなジャンプや、つま先立ちのクルクル回転を、ボーッと眺めていた。でも私がこのディスクを買って、何度も繰りかえしてみるかなあ、と想像すると、そんなことはないような気がしてしまったのだった。

六〇年代ミュージシャン　小生意気な顔がよろしい

このビデオを観て、真っ先に思い出したのが、かつてフジテレビで放送されていた「ビートポップス」という番組である。スタジオをディスコ風の造りにして若人を集め、当時人気のあったミュージシャンを呼んで、演奏させたり、レコードをかけたりして踊りまくる、というものであった。「レディ・ステディ・ゴー」（VOL．1、VOL．2）のスタジオにきているお姉ちゃんたちも、おだんごヘアーにノースリーブのワンピースという、なつかしいスタイルで、当時の風俗をしのばせる。

登場するミュージシャンはビートルズ、マービン・ゲイ、フー、ローリング・ストーンズ、ビーチ・ボーイズ、ダスティ・スプリングフィールドなどで、モノクロの画面に若かりしころの、つるつるした顔で現れる。

またミュージシャンも、「不幸な人々を救おう」などといわない不良集団で、つっぱった小生意気な顔をしているのが、なかなかよろしい。

当時のはやりの格好をして、腰をくねらせていた彼らも、いまではいいおじさん、おばさんになっているのだろうが、このシリーズを観ていて、登場しているミュージシャンのうち、ジョン・レノン、マービン・ゲイ、ブライアン・ジョーンズ、キース・ムーンなど、物故者が多いのに気がついた。すでに孫まで生まれてしまった、おじいちゃんロッカーもいる。顔がシワだらけになっても、いまだがんばっているミック・ジャガーも、見上げた根性ではある。

いずれこれは出演者総物故者ビデオになってしまうのだろうが、画面を観ていてやっぱりロッカーは早死にしたほうがカッコイイなぁ、と思ったのであった。

機械にうとい私の驚き「ビデオディスクマガジン」

まさしくこれは、タイトルどおりの「雑誌スタイルのビデオ」である。最初にチャプターナンバーと、タイトルが映し出され、自分が観たいところから、気軽に観ることができるようになっている（と、私は驚いたのだが、ビデオディスクやレーザーの機械では、当然のことであったらしい）。機械にうとい私は、この事実を全く知らず、友人に教えようと電話をしたら、「知らないのはあんたぐらいのもんだ」とバカにされて恥をかいた。

中身はCNNの「ショウビズTODAY」みたいな雰囲気で、映画製作のウラ話、主演女優のインタビューなどで構成されている。「プリティ・イン・ピンク」「ゴーストハンターズ」「ルースレス・ピープル」など、これから公開される映画の紹介がほとんどだが、なかでいちばん面白かったのが、このビデオでも最初に登場する「トップガン」。

実際に若い俳優が飛行訓練を受け、F14戦闘機に乗ってしまう。私は、画面を観ているだけでクラクラしてしまった。

緊急発進の訓練のとき、最初はカメラに向かってニコニコしているのだが、いざ、水の中に突き落とされるとなると、やっぱり顔はひきつっていた。「空を飛びながら、セリフを間違えずにいえるか自信がない」「オレは平気だ」「ちびりそうで、オムツをあててる」など、いろんな話が出てきてなかなか楽しめた。

しかし、ウラ話がいくら面白くても、肝心の本編が面白くない場合も、往々にしてあるから、このビデオを参考に、めぼしい作品をピックアップして、映画館で確かめてみることにしよう。

バロウズの送った一生は悪霊とのたたかいだった

私がバロウズについて知っていることといえば、『ジャンキー』『裸のランチ』『麻薬書簡』の著者であることと、麻薬中毒者であるというようなことだけだった。しかし、バロウズの生い立ちから現在までを追った、このドキュメンタリー・ビデオを観て、あまりに壮絶な人生を送っていたことがわかって、ビックリした。

登場した彼は、一九一四年生まれの眼光鋭い人であった。体のほうは老いを隠せないが、その眼つきの鋭さは、とても老人などといえるような雰囲気ではないのである。名門の家に生まれ、医学を勉強したといえば、日本だったら錦のじゅうたんが足元に敷かれて、その上を歩いていくだけだが、バロウズは薬に溺れる生活を送るようになった。テキーラを一日一リットルがぶ飲みするようになってしまった妻を、自分の銃の事故で殺してしまったこと、息子も麻薬中毒、手術のあげくに、体中ボロボロになって死んでしまったことを、淡々と語っていく。

アレン・ギンズバーグは「彼は私と恋におちて一緒に寝た」といい、バロウズのアシスタントの青年とバロウズも、恋愛関係にあるという。

そういうことも、ふつうにサラリといってのける彼らには、とても好感がもてた。いつのまにか姿をみせなくなってしまったパティ・スミスは「彼は寝てくれない男よ。だから好き」ともいう。

七十歳になってもパンクロックの店で詩の朗読をしているという彼。「私の一生は、悪霊とのたたかいだった」ということばを聞いて、「うーむ、まさしく」とうなずいてしまったのである。

体力が衰えてきてわかる大人の味の素晴らしさ

中学生のころ、グループサウンズの追っかけをやっていた私は、彼らが演奏する音楽以外は、なんの興味もなかった。当時から、ジーン・ケリーやフレッド・アステアの名前は知っていたが、そんなものはどうもかったるい。それよりも頭の中がジンジンしてくるような音楽のほうが、私にはずーっとよかった。

ところが、こんな私にも、とうとうヘッドホンができなくなる日が訪れてしまった。前は二時間でも三時間でも、ヘッドホンでハードロックが聴けたのに、その刺激に体力がついていかなくなったのである。

そして、体力が衰えてきたなあ、と思いはじめたのと同時くらいに、いままでかったるいと思っていたものが、実はなかなかかっこいいのではないか、と感じるようになった。

「ザッツ・エンタテインメント」を観ていると、「わあー」と驚き、そしてホホがゆるんでしまう。エレノア・パウエルとフレッド・アステアのタップダンスの素晴らしさ。こういうのが本当の、大人のためのショーといえるのではないか。

歌はいまひとつだが、十代のエリザベス・テイラーの初々しい美しさ、エスター・ウイリアムズの水中レビューシーンなど、素直に「いいわあ」と思う。

それに、一九二九年につくられた、ミュージカルのダンサーたちが、みんなコロコロと太めの大根足で、非常に親近感を覚えたのと、アイス・ビューティーといわれた黒人の美人歌手、リナ・ホーンの顔が、「欽ドン」に出ていた山口良一君に、とてもよく似ているのを発見したり、こっちのほうも、なかなか楽しめたのであった。

群ようこの吉祥寺からおやすみなさい

「東京タイムズ」（東京タイムズ社）１９８５年３月２日〜１９８５年12月28日（週一連載）

突然右手が動かなくなった。これは悲劇だ。

原稿がスラスラと書けたときは天国である。万年筆を右手に握り、パッパカパッパカ原稿用紙の升目《ます》を埋めていくのは誠に気分がよろしい。どうしてこんなに右手が動いちゃうのかしら、とわれながら感心し、最後の〃。〃を書き終わった瞬間、

「ざまみろー○○！（担当編集者の名前）ガッハッハ」

と笑うことにしている。ところが全く書けないときは地獄である。いちおう仁義として仕事をひき受けておいて雲隠れするなどというのは女の恥と思っているので、自宅の六畳間で動こうとしないおのれの右手と升目を眺めつつ深いため息をつくということになる。こういう場合ヤケクソになって力の限り右手をグリングリンまわしても何の役にも立たないのでそこいらへんに散らばっている雑誌をパラパラとめくって気分転換をするのが一番なのだ。

あるときその地獄の日がやってきた。突如右手がパタリと止まり、全く動かなくなってしまった。

「やばい、これはやばい」

そう思っても頭の中はカラッポ、右手は微動だにしない。

「わーん、書けない、書けない、書けない！」

タタミの上にあお向けになって手足をバタバタやってとりあえずわめいてみる。やったあとの虚無感たるや想像を絶する。そこでコソコソと背を丸めて仕方なくピサの斜塔のようになっている雑誌の山に手をのばしページをめくっていたら〝中畑清もこれでスランプを克服した呼吸法〟なるものが載っていた。

「私の今の状態こそスランプでなくて何であろう」

そう思った私はその雑誌に書いてあるとおりあお向けに寝て手を腹の上に置き、目を閉じて静かに息を吸ったり吐いたりした。

〝私はできる、できると念じるとよい〟とあるのでそのとおり一生懸命念じてみた。だんだん気分が落ち着いてきた。

「よし、これで完璧だ、がんばろう！」と頭は考えているのだが三十女の肉体はいうことをきかず、何と目ざめたのは翌日の午後二時、おまけにヨダレまで垂らしている。そこにポッと浮かぶのは恐ろしき編集者の顔である。

「ああ、もうこれは編集者様のお慈悲にすがるしかない。くそーっ、あんな雑誌見なきゃよかった」

かくして三十女の物書きの天国と地獄は限りなく続いていくのである。

自分の体をいじくる。オーッコリャ楽しい。

二十二、三歳のころは友だちと会ってもまず男の話をしたような気がする。あんたが今付き合っている男のここが悪いとか、いつもそんな態度だから男に嫌われるのだとか、お互いいいたいことをいっていた。その話題が私たちの口の端にのぼらなくなったのは、二十五、六歳のころだった。当時の話題はもっぱら自分の体型の変化についてだった。夏、Tシャツを着たときに気づいた胸の頂点の下垂、もしやと思って横を向いたときに悟った尻の垂れ。上腕部の肉はたるみ腰のまわりには肉がだんだんついてきて、日一日と脂肪がついていくような気がした。押されたらハネかえすような皮膚の弾力などどこへやら、指でつっつかれたらそのままズブズブと指がめりこんでいきそうな体になってしまった。しかし人間とは強いものでそのショックからも立ち直った。

で、三十歳すぎた現在の話題は〝健康〟である。同じ年まわりの人と話すと必ず、「私最近肩が凝って仕方がないんです」とか「腰が痛い」「胃が悪い」「毛が抜ける」など、あとからあとから出てくる。目下の私の悩みは肩凝りと腰痛である。最悪の場合十二時間ぶっつづけに机の前に座っているので、しまいにはその格好を少しでもくずそうものならあちこちつっぱらかってイテテと思わずうめくハメになる。これではいけないとNHKの体操の時間には、体操のお姉さんとともに首を回したり体をねじったりすると背骨はパキパキ、背筋はツリそうになるし、おまけに息切れしてしまうという情けなさなのである。

ところがフリーライターをしている私の友だちが、寝る前に少し体操をするだけで腰痛がウソのように消えたという朗報を持ってきた。彼女がいうにはただ床に足を投げ出して座り、体を前に少しずつ倒したり今度は足を90度開いて胸がつくように体を軟らかくしていくのだという。やりはじめたときは全然体が曲がらなかったのに、今では胸がぺったり床につくようになり、子宮後屈もこの前屈運動で治った治ったと一人合点してはしゃいでいるのである。

私もマネしてやってみるとたしかに腰痛がやわらいだ。とても体が楽になった。だんだん自分の体をあれこれいじくりまわしてその変化をみるのが楽しくなってきた。こうなったら真向法だろうがゲルマニウム温浴だろうが何でもやってやるわい、と自分自身の人体実験に嬉々《きき》とする毎日なのである。

手をつないで仲良くスキップ……グヤジ～。

テレビで観るたびにムカッと腹が立つコマーシャルがある。テレビ番組のほうは嫌だと思ったらチャンネルをまわさなければいいけれど、CMの場合はテレビをつけている限りドンドコ茶の間に流れてくるので困ってしまう。たとえば友だちと面白い番組を観てゲラゲラ笑いまくり、

「あー、面白かった」

と腹部が笑って波打った余韻を楽しんでるときに、そのCMが流れると私の顔が突如ひきつるので友だちがびっくりして、

「あんた、どうしたの」

とたずねるほどなのだ。それはチャーミーなんとかという台所洗剤のCMでワンパターンなのだが延々と続いている。カタカナ職業っぽい若夫婦がメンズ・メルローズやニコルクラブのような服をきて、音楽にあわせて手をつないで御町内をスキップする。おまけに還暦などとっくの昔に過ぎたような老夫婦にも同じような格好をさせ、

「うちもチャーミー何とかに変えましょうか」

とか何とかいうのである。恥ずかしげもなく手をつないでスキップするなど何という神経かと腹が立って仕方がない。スキップして坂を下りていくシーンではいつも、

「フン、転べばいいんだあんな奴ら」

と腹の中で思っている。きっと原宿のカフェ・バーでナンパしてズルズルと同棲してああいうふうになったに違いないわとイライラする。

先日もそのCMを見て怒ったあと、どうしてこんなに腹が立つのかと考えてみた。

「手をつないでスキップをしている」

これが問題なのだった。思いおこせばこの私、高校時代フォークダンスのときに男の子と手をつないだきりで、それ以降十三年間も男と手をつないでいないのだ。それなのにあの若夫婦は人前で手をつなぎ、そのうえギャラまでもらっている。私はスポンサーからギャラはもらっても手をつなぐ男まではもらえないのである。

「フン、あんなことやってたっていつ別れるかわかんないわよ」

つなぐあてのない右手をニギニギしながら今日も若夫婦を罵倒し続ける嫁ぎおくれたおのれがあわれでならない。

肉も見たい、キュウリも見たい……ビデオ選びはシンドイ

会社をやめてやっと貯金ができるようになった。今までは給料をもらっても振込まれるや否やそっくり引き出し、残高はいつも利息程度という悲惨さだった。ところがおかげさまで最近やっと貯金高が大台を越えたのである。その日はうれしくてうれしくて、何度も何度も通帳をながめてはほくそえんだ。今までひどい浪費家だった私は、どういうわけか貯金が大台を越えたとたんケチになった。せっかく私の右手が稼いだ金をそう簡単に使ってたまるかという気になった。だから銀行から、

「定期預金にしませんか」

とおさそいの電話があっても、普通預金から出すとどうも他人にとられるような気がしてならず、いつもやだやだといって断っている。だから欲しいものがあっても衝動買いせずに、

「これは本当に欲しいものか」

と自問自答して買うようにしているのだがかれこれ一年近く自分に問うて答えが出ないものがある。それはビデオなのだ。そのことを大学生に話したら明らかにバカにした目つきを

して、

「えーっ、今どきビデオを買おうか迷ってるんですかぁ、それは正直いって恥ずかしいですよ、今の世の中に、そりゃあ珍しい」

と妙に感心されたりするのだ。はっきりいっておくが私は金が惜しいんではない。VHSかベータかそれをずーっと悩んでいるのである。ビデオをより有効に活用するため、友人宅の機種を考慮して購入するのが誠におりこうだと思うが、私の場合はちょうど半々なのだ。

VHSを持っている子は、

「ねえねえ、洋ものの裏ビデオあるよ。すごいよ。まるで肉屋みたいだけどさ、これはちょっとないわよ。これは見る価値があるわ」

という。片やベータの子は、

「ダンナが友だちにダビングしてもらったんだけどさ、すごいよ。何しろねえ、ナスやピーマンがあそこに出たり入ったりするんだから。あたしもビックリしたけどこれは話の種に見ておくべきだわ」

と熱心にすすめる。外人の肉弾戦にするかナスやピーマンにするか、これはなかなかむずかしい問題である。他人に相談しても明らかに好みが分かれて何の参考にもならない。肉もみたい、ナスやピーマンもみたい、このぶんでは一生ビデオは買えそうにない。

ケント・ギルバートがニガ手になった。

私はどうもケント・ギルバートという男がニガ手である。最初はどちらかというとファンのほうで、「世界まるごとHOWマッチ」は毎週欠かさずみていたし、流暢《りゅうちょう》な日本語と端正な顔をみては、

「さすが弁護士。力自慢のチャック・ウィルソンとは話しかたもちがう」

と感心していたのだが、だんだん鼻につくようになった。

昨年だったがウチの近くにある教会の前を歩いていたら若い男によびとめられた。何かと思ったら、次の日曜日教会でありがたいお話があるから、ぜひ来てくれというのである。

「私、そういうことに興味ありませんから」

と断ると、彼は口元は笑っているが目元は笑っていないという不気味な顔で、

「えーっ。もったいない。最初はみんなそうなんですけど話をきくとみんな感動して帰りますよ」

と熱心にすすめる。

「私、さっきもいったけど、どの宗教にも興味ないんです」

とムッとしていうと、彼はまだ笑いをうかべながら、

「そうですか。いやー、惜しいなァ。実はケント・ギルバートも来るんですよ。だからよろしくお願いしますよ」

というのである。彼は私ぐらいの年齢の女性中心に声をかけてにじり寄り、

「ケント・ギルバートが来るから」

といって誘っている。まるで人寄せパンダだった。その後ケント氏はCMに出たり、いろいろな番組に出たりと大活躍である。ところが友人が電話をかけてきて、ケント・ギルバートは本当に弁護士なんだろうかと私にきくのである。どうしてかというと、あるTV番組に、アメリカの弁護士という立場のいわば正業で出演していたらしいのだが、その日のテーマであったアメリカの子供の非行について、ろくなコメントもできずお話もトンチンカンで、キャスターの男性も嫌な顔をしていたという。友人は、

「私ケントのファンだったけどもう嫌になっちゃった、あの人バカなんだもん」

とまでいう。いくら軟派番組の出演が多いからといって自分の正業で恥をかくなんてこれほどみっともないことはないんじゃないか。志学塾にでも入ってお勉強しなおしたらどうでしょうね。

まずそうに口を動かす美人にゾーッ

黙っているときは誠にいい女だが、ひとこと喋ったり動いたりしたとたんに幻滅してしまう女がいる。ふだんそういう女に容貌で負い目がある私などは、そういう現場を目撃するや、鬼の首でも取ったように大騒ぎして、

「ザマミロ、このやろー」

とわめくことに快感を覚えるといういやらしい性格である。ただしそれは美人であっても憎たらしい感じの女に限られ、ひそかにいい女だなと思っていた場合はため息とともに肩を落とすというハメになる。

いまだエンエンと放送されている、美女が突如夜中にいなりずしを食べたくなるというCMがある。それに登場するケイコさんがまさにそういうタイプの女だった。女性雑誌の『MORE』や『LEE』のモデルで、きれいな服を着てグラビアを飾る彼女を見て、私はどちらかといえば好意的な印象をもっていた。だからあのCMで一人部屋にたたずむ美女といった雰囲気でまずその姿を現したときも、

「彼女に目をつけるなんて、なかなかこのCMのディレクターは目が高い」

と思っていた。ところが見ていくうちに彼女はいなりずしを欲し〝あいててよかったセブン‐イレブン〟の前でいなりずしを食べるというお話なのであった。その内容に関して、

「ノートにあんなにいなりずしと書く人間なんているものか」とか、

「ナレーションのあの言葉づかいはひどい」などというのも目にしたが、私はCMの内容なんてどうでもいいのである。問題はあのケイコさんのいなりずしの食べ方である。あんなにまずそうに食べたらいなりずしがかわいそうだし、何でかよくわからないが観ていて非常に不愉快になるのだ。むさくるしい男とかオバさんがああいうふうに食べるなら、

「仕方ないや」

と納得するが、美女というのはそういう点で気の毒ではある。そしてCMの一番最後の最後、ケイコさんが口をモグモグやりながらチラッと横目をするのだが、その目つきの下品かつ陰険なこと。私は初めてその場面を観たとき、美しいケイコさんの内面のすべてを知ってしまったような気がしてゾーッとした。それからは彼女がどんなきれいな服を着てニッコリ笑ってグラビアに出ていても、

「フン」

と思って眺めている。

O脚むき出し、男に揺れる聖子が好き。

テレビのスイッチを入れたら、松田聖子と神田正輝の婚約記者会見をやっていた。山口百恵と三浦友和の婚約発表以来の多人数の報道陣がおしかけたそうで、いつもながらの大騒ぎであったが、着物姿の聖子ちゃんは全然きれいじゃなかった。

山口百恵のときはとにかく彼女の、

「私はもう決めちゃったもん。あんたらには何の文句もいわせないよ」

という堂々とした態度と、三浦友和のオレにまかせとけといった雰囲気が、バシャバシャと二人に浴びせかけられるフラッシュの光を圧していた。ところがどうも今回はそういう確固たる二人の絆がみえないのである。二カ月前の郷ひろみとの涙の別離事件からアッという間に婚約のはこびとなったわけだが、郷ひろみの生き霊が松田聖子の背後にただよっているようで、手ばなしでオメデタイというわけにはいかなかったみたい。いい意味での山口百恵の自信満々のふてぶてしさが聖子ちゃんにはなかった。神田正輝のほうも、

「何がなんでもオレはこの女に惚れているのだ……」

というパワーに欠けていて、なんだかよくわからないうちにこんなふうになってしまった、といかにも心細そうだった。気の毒に結婚してからもきっとこの二人は三浦夫妻とことごとく比較されるだろう。結婚して何年で子供ができて、産まれたのは何キログラムで子育ての仕方はどうだ、二人目はいつか。子供ができたら手本にするのはスポック博士の育児書や毛利子来の「赤ちゃんのいる暮らし」ではなく三浦百恵さんの育児の仕方のようにいわれるのだ。

「神田法子さん！　百恵さんと同じ病院で出産！　温かい先輩のアドバイス」

などという大見出しが女性週刊誌にドーッと出るのなんてもうわかりきっとるわい。しかしわかりきっているのにもかかわらずいまひとつリアリティに欠けるのは、聖子ちゃんがあまりにも妻向き、母向きタイプのようにみえないからだ。どちらかというと数多い男の間をゆらゆらと揺れうごくほうがピッタリくる。インランといわれたっていいではないか。どんどん男をくわえこんで、そしらぬ顔をして肩やO脚ぎみの足をむき出してブリッ子といわれつつもガンバる聖子ちゃんのほうが私はずっと好きだ。

長寿番組「新婚さん……」は怒りの標的だ。

先日テレビのチャンネルをまわしたら「新婚さんいらっしゃい！」をやっていた。

「まだやっていたのか、この番組」

意外に思ってテレビの前にへたりこんで観てしまった。私はほとんどこの番組を観たことはなかったが、ずいぶん昔からやっているような気がするから長寿番組のようだ。その秘密は一体何なのであろうか。まあ、ただでさえ新婚さんといえば興味津々の対象だからみんなののぞき趣味がその原点になっているのだろう。そのとき、登場していたのはダンナのほうが五歳年下という夫婦で、奥さんのほうは落ち着いてゆったりしているのに、とんねるずの右側にいるほうの人によく似たダンナは何となくソワソワしている。

「ホントに近ごろはこういう男の子が多くて困るわねえ」

といいながらそばにあったせんべいをバリバリ食べる。二人が知り合ったいきさつをペラペラしゃべるのはダンナのほうで、奥さんは時折、ひとことふたこと口をはさむだけ。

「全く今の男の子はよくしゃべるんだから。何考えてんだろうねえ」

とブータレながらせんべいをもう一枚。そしてそのダンナ、年上の奥さんでよかったことは何ですかときかれて、

「気がきくところです」

と答え、いうに事欠いて、

「ボクが朝起きたとき、枕元にきちんと靴下からズボンまで並べて置いてあるんです」

とうれしそうにいう。

「何だと!!」

突如私はムラムラと怒りがこみあげ、いっきにバリバリ音をたててせんべいを口の中に押しこんだ。

「おまえはそんなことを気がきくことだと思っているのか。なげかわしい。自分のことぐらい自分でやれ!! おまえのような奴が年をとってからボケるのだ!」

そうテレビに向かって文句をいったらとても気分爽快になった。

「これだ!」と思った。

今までは「オールナイトフジ」の女子大生どもに怒って発散させていたが、最近はそのバカ度にも慣れて内心困ったと思っていた矢先、それにとってかわるものが出てきたのは精神衛生上誠に喜ばしい。女子大生から新婚さんへと私の怒りの標的は移り嫁ぎ遅れた三十女は

毎週嬉々として放送を心待ちにしているのである。

人マネするRCサクセション……大嫌いだ。

かつてRCサクセションの忌野清志郎はオカッパ頭だった。まだ三人で活動していたときで、「ぼくの好きな先生」とか「2時間35分」とかがラジオの深夜放送から流れてくると、ガバとラジオをだきしめてスピーカーに耳をくっつけ、少しでも大きな音で聴こうとしたものだ。ところがしばらくするとパタッとレコードもかからなくなり、友だちと話していて、

「そういえば、あのころよく深夜放送でRCサクセションを聴いたわねェ」

という思い出話のきっかけづくりをする会話で登場するくらいだった。きっとミュージシャンの世界から足を洗い、ディレクターとしてがんばっているか、もしくはひっそりと前歴を隠してふつうのおつとめでもしているのであろうと思っていた。ところがある日、唐突に彼らと再会した。「紅白歌のベストテン」という番組にRCサクセションが何の前ぶれもなく出てきたのだった。司会の堺正章が、

「RCサクセションです」

と紹介した彼らの姿をみて、私は手にしていた箸をとりおとしそうになった。オカッパだ

ったキヨシローの頭は児雷也《じらいや》のように逆立ち、真っ赤なスーツを着てドギツイ化粧をした姿だけでも異様なのに、唄いながら感電した子ザルのようにヒクヒクと体をケイレンさせるのだった。まだパンクファッションという言葉すら日本に上陸していないころで、アイドル歌手めあてにやってきた観客も、RCサクセションの姿をみてたまげてしまい水を打ったようにシーンとなってしまったのである。それからはもう破竹の勢いでRCの人気は急上昇し、私もレコードを出るたびに買い求め、ヘッドホンで聴いてはキヨシローに負けじと体をケイレンさせた。で、ここのところ小休止してるのかなあと思っていた矢先、パルコのCMに再び登場してきた。しかし私は腹が立って仕方がなかった。包帯で体中をグルグル巻きにされた彼らが無表情でこちらのほうに近づいてくるCMの雰囲気がマイケル・ジャクソンのスリラーに出てくるゾンビにあまりに似ていたからだった。あのRCがマネをしていると思うと情けなくて仕方がなかった。パンクということばすらなかったときに真っ先に毛をおっ立てたキヨシロー。なのにこのざまはなんだ、人マネなんかするRCサクセションなんか大嫌いだ。とうとう感電子ザルは人マネ子ザルになってしまったようだ。

テレショップに芸能界の悲哀を見た!?

最近とみに多くなったコマーシャルに、いわゆるテレビショッピングものがある。家に居ながら足の指でダイヤルをまわしたって、きちんと商品が家に届くという手軽さがうけたのか、次から次へと新しい会社がテレビショッピング業界にのり出しているようである。

ある日、観るとはなしにテレビをつけていたら老舗のそのテの会社が、視聴者に対してペアウォッチを売りこんでいるところだった。

「どんな服にもマッチするゴージャスな輝き」といっても、実はまわりにゴテゴテと金銀のおかざりがついたとてつもなく派手な時計で、

「こんなものしてたら成金趣味で笑い者になる」

と思えるようなものだった。しかしその時計がいかにすばらしいかを力説している男性は、

「すばらしいですね」

とニコニコしている。その男性の顔を見て私の頭の上にはでっかい〝?〟マークがついた。どこかで見た顔だなあとよくよく考えてみたら、その男性はかつてNHKの「ステージ101」

ででかい口をあけて歌っていた塩谷大治郎その人であった。彼は声量があってかなり歌もうまく、口をぐわーっとあけてカンツォーネなんかを歌ったりすると、テレビを一緒に見ていた母親は、

「まあ、この子は背も低くて顔もごついけど本当に歌を大声で歌う元気のいい子だねぇ」

といつもいうのだった。

「ステージ101」には背の高い二人組のワカとヒロや、オカッパ三姉妹のチャープスというグループも出ていた。そのワカとヒロのうちのヒロは、今やチェッカーズの歌の作曲者及びディレクターとして活躍しておられ、「ザ・ベストテン」でお姿を拝見したときも、

「まあ、さすがに音楽業界でがんばっている。それもあのチェッカーズのブレーンというのはスゴイ」

と感心したのだ。土曜日の深夜の番組を見ていると、歌手のバックボーカルで「ステージ101」にいた人たちの姿を見かけることがある。しかし塩谷大治郎は白昼堂々、テレショップのお兄さんとして再起したのである。磁気枕にパジャマ姿で寝っころがり、

「月々九八〇円の十回払い」

と明るく説明する姿を見ると、片やチェッカーズ片や磁気枕という、芸能界の悲哀を感じてしまうのである。

同じ日に生まれ落ちた水沢アキをナゼ嫌いかというと……

私は女優の水沢アキと同じ生年月日である。このおかげでどれだけ私が友だちからからかわれたか、わからないくらいなのだ。

「同じ生年月日なのにどうしてそんなに目が小さいの、どうしてデブなの」

そしてとどのつまりはいつも、

「かわいそうねぇー」

なのである。まあ、そういわれても私もしようがないと思っていた。そして製造元である母親でさえ、テレビを見ていて私が、

「水沢アキと私は同じ生年月日なんだよ」

とキツい口調でいうと、

「あーらずいぶんちがうわねぇ」

と他人事のようにいうのだった。

確かに水沢アキはかわいかった。そればかりではなくてきちんと学校を卒業してアメリカ

に留学するという、いわゆる才色兼備の女優であった。ところが彼女がミソをつけたのは例の国広富之との事件があったからである。今まで好きだった男の悪口をリポーターの前で並べたてる姿を見て、同じ女ながら、

「みっともないなあ」

と思って目をおおいたくなった。はっきりいって幻滅した。

しかし最近はその一件からも立ちなおり、語学力を活かして海外リポーターのようなこともしているようである。テレビでもいろいろと姿を見かけるが、リポーターにインタビューされて必ず彼女がいうのは、

「私、きのう○○から帰ってきたばかりなんですけどね」

というセリフである。○○には北海道や名古屋ではなく、ミラノとかロンドンという名前が入るのである。

「ふーん、あちこち行ってるのね」

と聞いていたのだが、先日「CNNデイウォッチ」にゲスト出演していた彼女の姿を見て、ますます嫌いになった。ニュース原稿も手慣れた調子で読んでいたが、ことごとく謙そんして、

「すみませーん。あたし不慣れなもんですからー」

としつこいくらいに繰り返す。あんまりしつこいので見ててだんだん腹が立ってきた。過度の謙そんがうぬぼれになっていることに全く気がついていないようだった。彼女は年をとるにつれてイヤラシさが目についてくる女性である。きっと他人にいつも誉めてもらったり、いたわってもらいたい、自立しているようで実は違う甘ったれの女なのだろう。

そして「ザ・ベストテン」を斬った……

以前は毎週毎週楽しみにしていたのに、最近ほとんど観なくなった番組に、「ザ・ベストテン」がある。久米宏と黒柳徹子のコンビもとても面白くて新鮮だったし、私もけっこうアイドル歌手が好きだったから、

「マッチはどんな服着て出てくるのかな」

などと楽しみにしていたのも事実である。ところが最近は、寄る年波というか結局はベストテン番組に出てくるのは今売れているアイドルばかりという状態に飽きてきて、

「私は私で古くたって好きなもの勝手に聴くからいいもん」

というガンコさが出てきたからだと思う。

ところが久米宏が番組を降りるというのを女性週刊誌の見出しで見て、

「これはまた誰か泣くな」

と内心ワクワクしながら久しぶりにチャンネルをまわしてしまった。黒柳徹子さんは、

「来週で久米さんは終わりです」

といって泣いておられた。私もかつてはファンで観ていたから少ししんみりしたのも事実である。そして久米宏さん最後のおつとめの週も観てしまった。割とあっけらかんとしていたので、私もフンフンと納得していたのであるが、問題はその次の週なのである。黒柳徹子さんが一人でやるので応援のゲストが来ましたというたい文句で、小沢昭一さんとかタモリが出てきた。そして、

〝私たちは黒柳さんを応援します〟

などという横断幕まで持って出てくる始末。たかだか司会者が一人やめたくらいで芸達者な人たちがどうしてこんなバカバカしい大騒ぎをしなきゃならないのか全く理解できない。まさか「ザ・ベストテン」に出演する歌手たちが黒柳徹子さんのおかげで出していただいているわけでもないだろうに、どうしてそう司会者がめだたなければならないのだろうか。しょせんどんなに芸歴がながかろうが司会者というのは裏方で、がんばったとしたって出演者と五分五分の立場で接するのがふつうではないのか。まるであれでは〝黒柳徹子さんのたった一人のトーク番組〟に昔からの友人と、若い歌手のみなさんがゲストで出演しているみたいだった。一人でがんばるといったのならいさぎよく〝お友だち〟なんかよばないで一人で堂々とやればいいじゃないかと、もう二度と観ることはない「ザ・ベストテン」にむかって私は怒ってしまったのである。

MTVはアドリブきかせスマートに

私はたいていのMTV番組は観ることにしている。もちろん好きな番組、嫌いな番組、いろいろある。しかしこのあいだ金曜日の深夜、東京12チャンネルで放送されている「ロックTV」を観ていたらだんだん腹が立ってきた。私がチャンネルをまわしたときは鳥越マリ、なぎら健壱、本田恭章が三人並んで司会をしていたのだがこれがひどくて観られたものではなかった。鳥越マリはオールナイトフジできたえてあったせいか、まあまあといったかんじだったが、なぎら健壱はギャグをとばしつつ台本をめくり、本田恭章に至っては顔を上げているよりも、うつむいて台本を見ているほうが多いのではないかと思われるほどであった。なぎら健壱のギャグもすべて台本に載っているらしく必死にページをめくって盛り上げよう盛り上げようとするのだが、そんなことやって観ている人間が面白いわけがない。本田恭章は、私は美少年を一人といわれたら絶対彼を推薦したいと思うくらいの少女マンガに出てくるような美形であるが、どうやら頭の中は顔ほど出来が良くないようである。本田恭章となぎら健壱が台本を必死で見ながらボケとツッコミをやったってまるでこっちはリハーサルを観せられたようなもんで不愉快なこと、この上ない。

まあこういうことが起こる理由として、

1、台本書きが遅筆で本番直前に台本が出来たので全く下読みするヒマがなかった。

2、あまりに仕事が忙しくて前もって渡されていた台本に目を通せなかった。

3、前もって台本を渡されていたが、頭が悪いので覚えられなかった。

という原因が考えられるが、彼らの失態がいったいどれによるものかわからない。しかしどんな理由にせよあのようなみっともない姿を見せるのは、テレビに出ている人間としてあまりに恥ずかしいではないか。

私は学生時代、なぎら健壱の「悲惨な戦い」とかいうタイトルの相撲取りの歌を、深夜、布団の中でラジオを耳にくっつけて聴きながらゲラゲラ笑ったものだが、あれほどの歌を作れる人なら台本なんかないほうが、アドリブでガンガン面白いことをいってくれるのではないだろうか。本田恭章だってヘタに台本があるから恥をさらさなきゃならないのではないか。ともかくイキのいいMTVを流すんだったら司会もそれなりにスマートにやってほしい。

鼻もちならねエ　マーガリンのCM

テレビのコマーシャルにもいろいろあるが私は素人が登場するのが一番嫌いだ。その中でも特に腹が立つのはマーガリン、ラーマのコマーシャル。ヘリコプターで大げさに空をとんできて野原でマーガリンを出して奥さんたちに、

「味はどうですか」

ときくというやらせもいいとこの鼻もちならないもので、パーマをかけた同じようなヘアースタイルでパンに塗られたマーガリンを食べて、

「本当においしいですね。うちはバターしか使わないんですけど。いいものみつけました。ホホホ」

などとわざとらしく笑うのを観るとこんなコマーシャルを流す会社が売っているマーガリンなんて買ってやるもんかと意地になってしまう。私の友人たちも、

「あんなコマーシャルやって、あれ観て買いたいと思う人なんているのかしらね」

という意見が多く、会社が考えているほど私周辺では効果があがってないようだった。そ

れなのに手をかえ品をかえ同じパターンでせめてくるので、どうにかならないのかと思っていたところへ今度はまた〝昔味をみてもらった奥さんをまたたずねるシリーズ〟なんかを流したりして私は仰天してしまった。

お出かけ着の奥さんに、

「おや、奥さん、ま、おなつかしい。お元気ですか」

と街中で唐突に声をかけるパターンも何だこれはという感じだし、

「あのときの味とくらべてどうですか」

なんてぬけぬけときいたりしている。私なんか一時間前に食べた物の味がどうだったかということすらコロッと忘れているのに、そういわれてパンに塗られたマーガリンを食べた奥さんたちは、

「そうねえ、ファミリーな味っていうのかしら」とか、

「マイルドな味ね」

とマジメな顔をして答えるので驚いてしまう。よほど味覚に対する記憶がよろしいようである。ともかくヌケヌケとああいうコマーシャルに出てくる奥さんたちもちょっとどうかと思うし、それ以上に何年も性懲りもなく、

「うちのマーガリンの味はどうでしょう」

と聞き続けているあの会社に、そんなに自信がないならもうマーガリンを作るのをやめてしまえといいたい。

〝パクリ屋〟は抹殺しちゃえ

日本人というのは〝そっくり〟というのが根本的に好きなようである。毎年飽きずにテレビで放送される〝そっくりショー〟や、〝物まね、歌まね〟といった番組。たまたま顔の部分の配置が似かよっただけなのに、一般人が得々としてテレビに出てくるのにはあきれてしまう。

そして今一番腹が立つのはアイドル歌手やニューミュージックの歌手の外タレのレコードのマネ（業界ではパクリというらしい）が平気で横行していることである。若者向きテレビ番組でも、

「これとこれは似ている！」

と聴きくらべをしていかに日本の歌手が汚いことをしているかをあげつらっているが、もっともっとそういうことをやるべきなのだ。石川秀美の「もっと接近しましょ」は、シーラ・E.の「グラマラス・ライフ」にそっくりだったし、田原俊彦の「堕ちないでマドンナ」は、フィリップ・ベイリーの「イージー・ラヴァー」みたいだし、レベッカというニュ

ーミュージックのバンドの「LOVE IS CASH」はもろにマドンナの「マテリアル・ガール」。まさか作曲家やアレンジャーが、もと歌を知らないわけがなく、それを知っててやっているのはバカというしかない。それを知りつつもっともらしく歌うアイドル歌手も気の毒である。どうしてこういう恥ずかしいことを平気でできるのかとそいつらの神経を疑う。日本の曲を日本人がマネして開きなおっているならまだ許せるが、外国の曲をパクッているのが誠に情けない。「外国の曲はスゴイ」とか「あれも売れているから、似たような曲を出せば売れるかもしれない」というういやらしい根性があるようでは、まだまだ日本は音楽的程度がひくい。

テレビ番組で少しずつパクるバカどもの全貌を明らかにしつつあるのだからこれからはもっと過激にして、一件のパクリにつき三年間作曲及びアレンジ厳禁、レコード会社にも出入り差し止めという処置を施したほうがよい。パクるような奴らはそうやってどんどん抹殺していったほうがいい。どうせそんな人間はオリジナルな曲なんて書けっこない、ニセミュージシャンなのだから。そんなバカに高いレコードの印税なんか払ってやる必要なんか全くないのである。

TVドラマ〝類似品〟ばっかり

私はほとんどテレビドラマというものを観ない。かつてはどのチャンネルもドラマに特色があって、時代劇はこれ、肩の凝らないホームドラマはこれ、お涙ちょうだいはこれというふうに分かれていて、それなりに面白かった。

ところが今のテレビドラマは、他局で一つ当たると同じようなものばかり作るから、一体何が何だか区別がつかない。キャリアウーマンのドラマを一つの局がやるとマネ。その次は妻の自立ドラマ。そして自立できなかった妻がわめきちらし、ジリジリと夫を追いつめていくくれない族ドラマ。追いつめられた夫があわてふためいて考えなおし、家事にいそしむ主夫ドラマ。そして今一番のハヤリは女の業や性《さが》をテーマにしたサスペンスものらしい。だからチャンネルをガチャガチャまわしても、どれがどれか全くわからないのである。

その第一の理由は、同じ俳優を繰りまわして出演させているからである。十朱幸代、中井貴惠、山本陽子、中田喜子、三浦洋一、村井国夫などが最もお手軽に使われているようで、このあいだサスペンスものに出ていると思ったら、きょうは軽いホームドラマ。きのう悪女の役で人を殺しているかと思ったらきょうは不倫の恋に悩むOLというふうに、観ているほうだって錯乱してしまう。今までで一番おどろいたのは、6、8、10チャンネルで同じ時間帯に放送されているもの三本同時に、中井貴恵が出ていたときだった。8チャンネルは何年か前の「女王蜂」という映画を放送していたのだが、あとの二つは長時間ドラマで、彼女の出演が偶然にも重なってしまったらしいのだった。その三つのチャンネルのどこをまわしても、メイクやヘアスタイルが少しだけちがう中井貴恵が出ているので、私はアハハと笑いながら、しばらくガチャガチャやって遊んでいた。しかしこれでは俳優にとったってよくないし、テレビ局のバカさというか頭の堅さを露呈しているようなものだ。逆にいえば俳優が何でも器用にやれて固定イメージを造られるのを嫌っているのかもしれないが、観るほうとしては、他局で人を殺した女がブリッ子してサメザメとロッカー室で泣いてほしくないのである。最近〇〇はこの人！　といったものがあっただろうかと思い出してみたら、結局、東野英治郎の「水戸黄門」しか頭に浮かんでこなかったのである。

情けないゾ、TV局にやつ当たりする親

夜、家に帰ってテレビをつけてみたら、巷は大騒ぎになっていた。例の豊田商事の永野会長が刺殺されたあの事件である。取材陣が呆然とする中で堂々と殺人が行われ、血の海の中で人が死んでいるのだから、当然それを見て気分がいい人間がいたら変態である。私もじーっと事の顛末を見ていたのだが、気持ちは良くないにしろ、報道という視点でみればあれほどリアルだった放送は浅沼稲次郎氏の刺殺以来なかったのではないだろうか。その意味でいえばとても興味深いものだったが、夕食時に突然あんな画面がとびこんできた家庭はさぞや迷惑であっただろうと思う。案の定、翌日の朝刊には、

「あんなもの放送して良識を疑う」

「何度もくりかえして放送するな」など、視聴者からの抗議が各テレビ局に殺到したとあった。しかし中に、

「どうして誰も止めなかったのと子供にきかれたら一体どうすればいいのだ」

と怒った親がいたと書いてあったが、そんなことテレビ局に文句をいうほうがおかしいの

である。子供にそうきかれたら親が自分の考えで、

「あのカメラ持ってるおじさんたちはひどいねえ」とか、

「おじさんたちはああいった事件を私たちに伝えるのがお仕事なんだから、仕方なかったんだよ」

とかいってやればいいじゃないか。もし何といっていいかわからなかったら、

「それでは一緒に考えてみよう」

と提案すれば、親と子の社会勉強になるではないか。

「一体どうすればいいのだ」

といわれたって、大人電話相談室じゃあるまいし、テレビ局だって、

「そりゃ、こういったほうがいいですね」

なんていえるわけない。

自分が冷静に画面を見て、子供の疑問に対処できないからその当惑が怒りとなってトンチンカンにテレビ局にぶつけられるのである。

これに限らず新聞のテレビ欄の投書によく、

「ああいう下らない番組を放送して、子供が見たがって困る。やめて欲しい」

というのが載っているが、困るという前にスイッチを切り、これはよくないと子供を説得

すりゃいいではないか。すぐ他人が悪いとわめきたてる親というのは、本当にみっともなくて情けないと思う。

聖輝の結婚式　大人のおもちゃにされた!

今週の月曜日、昼ごろボーッと起きてテレビをつけたら、ヘリコプターがブルブルと音をたてて空をとび、先週と同じように巷はすさまじい騒ぎになっていた。

「すわ、また大事件か」

と思ったら、神田正輝と松田聖子の結婚式の中継をやっていたのだった。風船や鳩がとび、その中で二人がニコニコして手を振ったりしているのを見てもどうもリアリティに欠け、二人の主演映画のコマーシャル・フィルムを見ているようだったがその分なかなか笑える結婚式実況放送だった。当の二人を見ているよりもまわりに集まった人たちをながめているほうが、ずっと面白かった。

まずは悪評高い芸能レポーターたちが自分のことのように喜びいさんでいたのがとてもおかしかった。まあ、彼らも芸能人に何かが起きなければ商売あがったりになるし、三浦友和、百恵夫妻のときはガードが固くて思い通りにいかなかったこともあってかその興奮ぶりはすさまじかった。

中でも一番がんばっていたのがあの梨元さん。松田聖子が乗った車が、目黒のサレジオ教会に近づくと、マイク片手にあのせり出たお腹をゆすりながらカメラマンが立ち並ぶ歩道を突然走り出し、

「あー、あの、あの車です。車がやってきましたあ。あーあー、あれに、あれに、聖子ちゃん、聖子ちゃんと、御両親が乗って、乗っております」

と息をきらしてゼーゼーいいながらわめいていた。その姿は必死に走るトドといったかんじで、私は思わずキャハハと大声で笑ってしまったのだった。披露宴会場のまわりでは、

「できた、できた」

とはしゃぎながら、スポーツ新聞の号外を手にするレポーターまでいて、結婚式なんだかお祭りなんだか全然よくわからない。そのうえ披露宴が終わって二人が招待客を見送るとき、泣いていた聖子の涙を神田正輝がハンカチで拭いてやると、テレビ局のスタジオで中継レポーターと話をしていた女性アナウンサーが、

「ギャー、いいわねぇ、わー」

といったのにはおどろいた。

全く二人の結婚式は、大人のためのおもちゃであった。航空機事故も豊田商事もコロッと忘れてしまう日本人の体質。正直いってこういう節操のなさが私、大好きなのであります。

のぞき趣味一辺倒、進歩ない奥様番組

私が不思議だと思っているものに、奥様番組がある。会社につとめていたころは当然観られなかったが、毎日が日曜日になった今、あらためて観てみるとその内容が十年一日ほとんど変化がないのにおどろいた。八年前、失業しているときに、母からいわれて雑巾《ぞうきん》をぬいながら観ていたのと何ら変わっていないのである。悲しい事件が起きれば視聴者の涙をふりしぼろうと司会者が眉間にシワをよせて、

「この怒りは、どこへもっていけばいいのでしょうか」

などという。スタジオの中で壁の花というかドライフラワー化している素人のおばさんたちもうつむいてハンカチで目頭をそーっと押さえている。芸能人の結婚式があれば、花嫁衣装はいくら、招待客は何人、ウエディング・ケーキの高さは何メートル、出された料理は何万円で総費用がいくら、と相手は変われど情報として流される内容にも変化なし。そして占い師を呼んできては、この二人はうまくいくか、いつ別れるか、子供は何人生まれるか、などたのみもしないのに、いろいろおせっかいをやいてくれるわけである。そのうえ最近では

芸能人だけではネタ切れなのか、日本中の超ド級の金持ちを見つけ出してきては〝豪邸拝見〟なるものまでやっている。庭木がうっそうと繁っているため、外から屋根しか見えない家に嬉々としてレポーターは入っていく。そして、

「うわー、見て見て、すごーい」

といいつつ玄関にさりげなく置いてある壺《つぼ》を指さし、すぐ、

「あのー、これおいくらですか」

とたずねる。そして金額を知るやいなや、

「ひえー、はっぴゃくまんえん！」

と身をふるわせケイレンする。すべてこのくりかえしである。

奥様番組の基本はのぞき趣味である。超ド級の金持ちの家の中はどうなっているのか、事故にあって亡くなった人々の遺族は、どのように泣くのか、聖子ちゃんの大振り袖はいくらなのか、その程度のことなのである。妻の年金はどうなるのか、夫が急死した場合、中年女性が再就職できる道はあるのか、などほかに知っておいたほうがいいことが山ほどあるはずなのに、そんな奥様番組にはお目にかかったことがない。奥様番組なんてこんなものだと作るほうも観るほうも何の疑いも持っていない。それなら百年たったって内容なんか変わりっこないのである。

水虫のCFもっとストレートに

テレビで水虫のコマーシャルをみると、

「ああ、夏が近づいてきたんだなあ」

と思う。幸いにも私は水虫もタムシも関係ないから、他人事として眺めていられるが、そのテの〝ムシ〟を飼っている人たちにとっては大変な時期であるらしい。コマーシャルで、

〝水虫は立派な病気でーす〟といわれると、

「そうか……オレは病気もちなのか……」

とそれだけでガックリきてしまうのだそうだ。

話によるとこの〝ムシ〟には乾性タイプと湿性タイプがあり、同じタオルを使っただけで見事にうつることもあるらしく、銭湯で股から足からすべて〝ムシ〟だらけになってしまったと泣いてる男がいたが、なかなかこの〝ムシ〟はガンコで完治しにくいようである。

まあ水虫の薬は、それを患っている人にしか用がないわけだから、ストレートに、

「かゆいときに効く！」

というこ とさえアピールすればいいのに、制作者の、

「これ、面白いでしょ」

という意識がミエミエで、全然面白くないコマーシャルがある。新ピロエースの、アシカが出てくるアレである。奥さん役のタレントが、

「あなた、どこかかゆいの?」

ときくと、新聞を読んでいるアシカが鳴く。すると彼女が、

「アー、アシカ」

と言う下らないものである。このタレントさんはファニーフェイスなのだが、クサイ顔の表情が嫌だ。今は素人もけっこうコマーシャルに興味を持っていて、

「あのコマーシャルに出ている人は誰ですか」

といった質問も雑誌に載ったりしているけれど、まさに、

「新ピロエースのコマーシャルに出ている、あの面白い顔をするタレントさんは誰ですか」

といわれるのを期待しているのではないかと思えるほど、わざとらしいのである。凝っててそれなりに面白いのならいいけれど、下らないダジャレでウケをねらったって、消費者にバカにされるのがオチだと思うんだけどね。

〃姉弟〃のようなキャスター

以前も書いたように、私は「CNNデイウォッチ」のファンである。今までは眠い目をこすりながら深夜二時、三時まで観ていたのだが、毎日そうしているうちにだんだんサメ肌になってきた。お肌の曲がり角をすぎたら、やはり噂どおり、睡眠不足がいの一番にたたるようであった。だから最近は寝ている間に録画できるようにビデオをセットし、次の日の昼間にゆっくり観ることにしている。

「CNNデイウォッチ」のキャスターは、三枝成彰、久和ひとみ、犬養和、坂本明美の各氏などだが、一番面白いのは木曜日の深夜の、安藤優子さんとふるべ利夫さんの二人である。安藤さんのほうは、同チャンネルのTVスクープでおなじみの、英語も堪能でハキハキしたお飾りでない女性キャスターとして活躍している。

そして一方のふるべ利夫さんという人は、私はどういう人か全く知らない。

ともかく最初のころはニュースの内容などほとんどどうでもよく、二人の態度のちがいを面白がって観ていたのであった。

安藤さんのほうがどちらかというと、ハードにキッとテレビやカメラを見据えているのに対して、ふるべさんのほうは視線もオドオドしていてたよりなく、本人がトチるまい、トチるまいとして必死になればなるほどトチってしまうという悲惨な状況であった。

他の放送日は、女性二人がキャスターのときを除いて、男性が向かって左側に座るのだが、木曜日の深夜だけは例外で、安藤さんが主導権を握って左に座っている。

御二人の年齢がどれくらいか知らないが、まるで目から鼻にぬけたお姉さんと、たよりない弟のコンビといったかんじであった。ニュースを紹介し終わり、コマーシャルへ移るほんの少しの間にも、首をかしげているふるべさんに向かって安藤さんがニッコリ笑って何かなぐさめているようにも観えた。

そのうちにふるべさんの顔がこわばり突如ガバと机につっ伏して、

「わーん」

と泣き出してしまうのではないかとハラハラしていたが、幸いそのようなことも起こらずにすんだ。

最近ではふるべさんも自信を持ったようでトチリもなくなってきた。それがいまひとつ物足りない今日このごろである。

誰が買うんだ高級装身具……

先日、ファッション雑誌を読んでいたら、かの小林麻美嬢がテレビの奥様番組の、テレフォンショッピングのファンだという談話が載っていた。今のは昔とちがって、品物も質も吟味されてなかなかいいものがある、ということだったが、どうも実物を自分の目で見たい、触ってたしかめないと、財布のヒモがゆるめられない私には考えられないことなのだ。

ところがこのテレフォンショッピングで、またまた考えられない事実を目のあたりにした。フジテレビの奥様向け番組で、フランス特集をやっていたのだが、そこに登場した商品を見てぼう然としてしまったのである。何と、ダイヤのイヤリング八二〇万円、ダイヤの指輪二六〇万円、他にもダイヤのネックレスがあったのだが、あまりに仰天して値段を忘れてしまった。どの商品も二個、三個といった限定数なのだが、こんな金額の商品を買える主婦がいるなんてまず信じられないし、買えるだけの財力がある主婦なら、自らフランスにおもむき、カルティエだろうが何だろうが、金銀サンゴを山のように買ってくるのではないかという気もするのである。

かつて私の家でもただ一回だけ、テレフォンショッピングで買い求めた商品がある。それは、サイクルなんとかという名前の美容器具で、レポーターのおばさんが体操着でその自転車状のものにまたがって必死にペダルをこいでいた。そして、

「みなさん、これはききます、太モモがブルブルしてきました」

というのであった。私と母親は無言だったが、お互いの目を見て意見の一致をみたのを確認し、ジーコジーコとダイヤルをまわしたのであった。

一週間ほどしてやってきたのは、自転車の前輪と後輪がないだけの、チャチな廃物寸前のような物体だった。気まずい沈黙が私と母親の間に流れ、

「あんたがこんなもの欲しがるからよ」

憎々しげに母親が口をすべらせたのが突破口となって、私と母親は大ゲンカになった。それからそのサドルとペダルがあるだけの物体は物置にしまい込まれ、あわれ何の活用もされないまま、二年後には燃えないゴミとして処分されてしまった。

テレフォンショッピングには、そういういかがわしい物のほうが似合うような気がする。電話一本で八二〇万円のイヤリングが買える人間が世の中にいるとは信じたくないもん。

色あせた個性　鼻につく独特の口調

私はほとんどテレビの連続ドラマを見ない。だから話題のドラマにどういう人が出演していて、どういうストーリーか全く知らない。あの沢口靖子の「澪つくし」だって一度も見たことがないのである。

ところが先日、チャンネルを変えていたら桃井かおりの顔がアップになって映った。あわてて新聞のテレビ欄で点検したら、名高達男と夫婦役をやっているらしいのである。私はちょっとタレ目で相変わらずの喋り方の彼女を見ていてかわいそうになった。

かつて彼女は個性派女優として、まさに飛ぶ鳥を落とす勢いであった。女どもはみなオカッパ頭にし、眉間にシワをよせて煙草を吸った。

「あなたって桃井かおりに似てるわね」

といわれると、

「あら、そう。そんなことないわよ」

と謙遜しつつも内心ひどくうれしかったものである。そのあとも烏丸せつこや浅野温子がとりあえず個性派と呼ばれたが、さっさと結婚して子供をもうけたりして、今ではその名前を口に出す人は少ない。いろいろ三角関係の噂もあったけど、桃井かおりはそれなりに一人でがんばっていたようだった。

しかし、あのしぐさ、喋り方がもう鼻についてきて、彼女が、

「あのさぁー」

というだけで、私は、

「あ、もういい、もういい」

という気になってしまう。だからテレビドラマでド・アップになった彼女の顔を見ても、三年後にあらわれて誰にも見向きもされない、エリマキトカゲを想像してしまうのだった。

中井貴恵のように何のクセもない女優は、カメレオンのように七変化して何でもできるが、桃井かおりの場合は何をやっても桃井かおりになってしまって、だんだん年をとっていくとむずかしいタイプのようなのだ。

今まで桃井かおりが出ていて鼻につかなかったのは、向田邦子のドラマだけで、あとはちょっと……というかんじだった。

これからは彼女も結婚して子供を産み、

〝出産をしても崩れない体の線〟

を証明するために、裸になるしかないのかしら、などと考えてしまうのである。

ホラーCMに慣れるわが身が恐ろしい

夏、まっ盛りとなると季節柄ホラー映画、オカルト映画、SFXものが大挙して押し寄せてくる。以前はテレビで映画のCMなどは流さなかったから、新聞広告や雑誌で写真を見ては、

「うわー、これ首がちぎれとんだり、胴体が真っ二つになったりして気持ち悪い」

などといっている程度ですんでいた。

ところが最近では、ホラーだろうがオカルトだろうが平気でテレビでCMを流すから、気を許していると仰天することが多分にある。きれいな女の子が出てくるから、一体これは何だと思って見ていると、悲鳴とともに画面が一転して、その子の脳天にグサッとナイフが刺さったり生首だけが宙に浮いていたりして特に食事時には迷惑このうえない。最近では「スペースバンパイア」のCMが、これでもか、これでもかといったふうに流されている。

「あなたの精気を吸わせて下さい」

という、口に出していうとえらく卑猥な文句をいっているアレである。画面はといえば血

だらけの美女や突如手術台からむっくりと起き上がるミイラ、ミイラにズズーッと精気を吸いとられていく医者など、映画のヤマ場のシーンが登場する。

最初は、

「ゲッ、またか」

と目をそらした。その次はこわいもの見たさで、横目でチラチラ眺めつつ、

「よくこんなCM流すわねぇ」

とブツブツいった。三度目は目をそらすことなく、画面を凝視した。そうしたら完全に私の目はその不気味ともいうべきシーンに慣れ、気持ち悪いとも何とも感じなくなってきた。それどころか、そのシーンに楽しみさえ見出せるようになってしまった。

「わっ、あのミイラ、気持ち悪い」

と目をそむけていたのが、今では、

「本当によくできているわねぇ。あのアバラ骨とか、お腹のエグれたところなんか、本当にリアルだわぁ」

と感心すらしてしまうまでになった。だいたいこのテの映画はCMの部分がハイライトで、実際映画を観にいくとそれほどでもないという話をきいたことがある。そうなると、テレビであれだけCMを観せられた私は、タダで楽しませてもらったことになる。そう思うと次は

どんなＣＭが流されるのか楽しみでしょうがない。どんどん過激なものに慣れていくわが身が恐ろしい。

甲子園と暗い事故、NHKに複雑な気分

また大変な事故が起きてしまった。私の友人の中にも国内線を利用する人が多いので、ずっとテレビを観ていたのだが、幸いにも知り合いはおらず、まぁホッとした。しかしこういう飛行機事故というのは自分に直接関係なくてもどうも気分が暗くなる。もちろんどのチャンネルをまわしても、飛行機事故のことしかやっていない。おまけに芸能人が乗っていたものだから、かの芸能レポーターたちが自宅に大挙して押し寄せ、下らない質問をして親族の人を泣かせたりして、

「よけいなことといって、こんなところにまで出てきおったか」

と観ていて腹が立ってきた。

どうもこういう時は、事故とは何ら関係ない番組にチャンネルをあわせる、などというのは国民として罪悪をおかしているような気持ちになる。国民としたらやっぱりNHKを観るべきなのかしらと思い、息抜きのCMタイムもないのにどっぷりとその中にのめりこんでしまったのであった。

翌日、事故のショックからやや立ち直り、私の頭をかすめたのは、こういうとき「笑っていいとも!」はどうするんだろうかということであった。チャンネルをまわすとやはり変則的な放送で、タモリもふだんよりしゃべるトーンをおとしていた。どうも飛行機事故には独特の暗さがつきまとってしまうのだ。

しかしそれに反してNHKはなかなかすごかった。高校野球が放送されている合間に、ニュースが流されるのだが、これが何の脈絡もなくて観ている私は、気持ちの切りかえができなくて困った。甲子園では青い空のもと、元気いっぱい、日焼けした顔の高校性が野球をしている。しばらくすると、

「事故の新しいニュースが入りました」

といってNHKのアナウンサーが沈痛な表情で、機体の破損がひどいとか遺体が散乱していると話している。ところがそれが終わると、突如太モモあらわなチアガールが絶叫する姿やウチワを持ってはしゃぎまくる応援団なんかがうつし出される。

「このたいへんなときに、こんなに喜んでいいのだろうか」

という気もしたが、すべて〝NHKが放送してるんだからいいのだ〟と勝手に納得してしまった。NHKを観ていれば安心、という考えがあった自分に気づき、私は少し複雑な気持ちになってしまったのであった。

服装一つで目立つ美女の不幸

ひところ、NHKの「ニュースセンター9時」に出ている、宮崎緑さんのファッションが話題になった。その当時は番組を観ていなかったので、

「ふーん、そんなに趣味が悪いのか」

と思っていただけであった。ところが最近続けて「ニュースセンター9時」の宮崎さんを観ているが、〝ヒドイ〟と思ったのは一度だけだった。彼女はアクセサリーの選び方とプリント物の趣味がよろしくないだけである。

「そんなにとんでもない格好をしているのか」

と内心期待していたのだが、そんなに目をおおうばかりのヒドさではなかった。

それよりもっと驚いたのは、半月くらい前に観た、フジテレビの「スーパータイム」のニュースキャスター、幸田シャーミンさんの姿であった。私はこの番組のファンで、よく観ているのだが、その日チャンネルをまわしてビックリしてしまった。ホストの、今やマルベル堂でブロマイドまで売っている逸見政孝アナウンサーは相変わらずのスーツ姿だったが、彼

女のほうは、胸元から白い大きな紙をブラ下げているのかと思った。ところがよく見るとそれは、貫頭衣のような感じの、まるでイカの甲をはりつけたような服だったのである。楠田枝里子さんから借りてきたのではないかとカンぐりたくなるデザインだった。もし、日本人の黒髪ショートカット、平面顔のアナウンサーが着ていたら、もしかしたらそれほどギョッとしなかったかもしれない。二、三日たったら今度は似たようなデザインのピンク色のドレスを着ていた。これも、バービー人形がテレビに出てきたみたいで、なかなかすごかった。

幸田シャーミンさんは、美容やおしゃれの本を書いたり、訳したりしていて、とてもその方面には興味があるようだが、今までずっと「スーパータイム」を観ていて、ギョッとしたのはその二回だけだった。特に最近は白のスーツやブルーのワンピースをシックに着こなしていて、そのほうが彼女には似合っている。今までの地味一辺倒のキャスターのイメージを打ち破ろうとした態度は立派であったが、ちょっとデザインや色が派手めだと、ドッと目立ってしまう。それはハイカラな(美人)顔に生まれついた幸田シャーミンさんの不幸であった。

まさにSF!?　エマニエル坊や

先日の24時間テレビの目玉は、「ウィ・アー・ザ・ワールド」の録音風景を、CMなしで流すという企画だった。その日は東京にいなかったので、しっかりビデオに留守録画させて、翌々日の真昼間、ボーッと原稿書きの合間に見ていた。

「ふーむ。さすが、マイケル・ジャクソンやシンディ・ローパー、ダイアナ・ロス、レイ・チャールズが集まると、やっぱりすごいもんだなあ。日本でいろいろな年代の歌手が集まったら、オレが先輩だの、あんな奴に指図されてたまるかだの、ゴチャゴチャいうんだろうな」

などと思っていたら、画面にマイケル・ジャクソンとライオネル・リッチーが映った。録音前のスタジオ風景で、二人がふざけているところだったが、その足元に何か動くものがある。一体、何だと思ったら、それは今や日本では忘れ去られたエマニエル坊やだった。

エマニエル坊やといえば、クラリオンのステレオのCMに出て、子供のくせにやたらと踊りがうまい、というふれこみで、母親と一緒に日本にまでやってきてテレビ出演した。その

とき、私はある人から、

「実はあれはもう大人で、母親は実は女房。毎日、成長を止める注射を打ってるんだぞ」

といわれた。

「まさかー」

私は、こいつ何をいうかと笑いとばしたのだが、その画面を見て本当に驚いた。エマニエル坊やは全然年をとっていなかったからである。それどころか日本に来たときよりも、また小さくなったようだ。

「あれは……本当だったのか……」

私は心霊写真を見たときのようにゾーッとした。もしかしたら病気で成長が止まっているのかもしれない。しかしそれを〝坊や〟としてあっちこっちのテレビに出演させたというのは、とんでもないことだし、注射を打っているのなら、まさにSF的な人体改造である。

「もしかしたら、あの子はエマニエル坊やの子供かもしれない」

気晴らしにそういうことも考えたが、今ひとつ弱い。こうなったら女性週刊誌の「あの人は今」という特集にでも、その後のエマニエル坊やはどうなったかということを、ぜひ追跡調査していただきたい！　と切に願うばかりである。

ハシャグだけの解説者よ消滅せよ

ユニバーシアード神戸大会があったおかげで、なかなかいいヒマつぶしができた。いつも奥様番組で、〝川上慶子ちゃんのその後〟を、これでもかこれでもかとしつこく放送しているのを見て、

「いいかげんにしろ！」

と腹の中で怒っていた。その中にあり、無名の若人が走ったり跳んだりするのを見るのは、なかなか楽しいものであった。

特に水泳では、外人の二メートル近い大男が、あんなゴッツイ体で、ガッパガッパと泳ぐのだから、まず体格的にギャップがある日本人にとっては悲惨というしかない。だから水泳の解説者も、もしかしたらメダルはとれるかもしれないけど、まあ選手の記録が更新できたらもうけもの、といったかんじのゆとりのある雰囲気で、なかなかよかった。

ところが問題は、あのバレーボールである。どうして日本のバレーボールの解説者というのは、どいつもこいつもギャーギャーうるさいのだろうか。女子プロレス以外のスポーツは、

見ても興奮しない性質《たち》の私としては、ギャルどもがどうしてバレーボールを見てあんなに騒ぐのか全くわからないのである。そのうえ、解説者がうるさいときては最悪である。以前は日本のバレーボールチームの監督をしていた松平ナントカさんが、やたらうるさいと悪評高かったが、今回のユニバーシアードの解説も最悪だった。女子のほうの解説者は、多少相手チームを誉めるものの、

「まあ、相手チームいいレシーブですね。あっ、かえしました！　日本チームかえしました！」

と見ればわかることを、さもうれしそうにはしゃいでしゃべっている。それに反してNHKのアナウンサーが、淡々とした声で、

「なかなかよい試合です」

とボソッといったのが誠にアンバランスだった。そして男子バレーボールの日本対韓国の試合に出てきた男の解説者なんて、日本チームが二セットとられたものの、その後二セットをとりかえし、逆転勝利かという場面になると、われを忘れて興奮の極致。一ポイントとるたびに、

「うわあ、決まった、決まった」

とわめき、みっともないったらありゃしない。この男自分が日本チームのファン代表かな

んかだとカンちがいしているのではないか。解説者とは名ばかりの、バレーボールの解説者なんて、耳ざわりで腹が立つから、もういいかげん消えてもらいたい。

電波も届かぬ秘湯の地　まるで異国

先日、生まれてはじめて秘湯といわれる温泉へいった。私は秘湯といっても駅のそばにあるものだと思っていたのだが、駅からバスで二時間、そこから徒歩一時間というところにあったので、正直いっておどろいてしまった。電気は自家発電、中にはデンワすらない宿まである。この世の中にデンワがないのである。いったいどうして生活しているのかと不思議でならない。

こういう具合だから、当然各室にテレビやラジオなんかあるわけない。新聞、雑誌も何もない。とにかく情報が入るものが何もないのであった。毎日シーンとしたなかで、川の流れるザーッという音だけききながら過ごした。時計を見ると時間がたつのがやたら遅く、

「そろそろ四時ごろかな」

と思って時計を見ると、まだ二時、途方にくれてまたボーッとするといった状態で、こういうヒマな時間ができると、実は何もできない自分に気がついたのである。

「ああ、今ごろはひょうきん族観てるころだなあ」

と思うと、こっちではもうすでに寝ている人がいる。洋画劇場がはじまるころになると、露天ぶろの女性専用時間が終わってしまう。海賊チャンネルがはじまるころなんて起きてる人など皆無。みんなおとなしく枕を並べてじっと寝ているのである。この私ですら、何もやることがなく、

「ボーッとしているくらいなら」

と十時には寝てしまったのである。

私は東京にいて時計がわりにテレビを観ていることに気がついた。なければないですむけれど、やっぱりあったほうがよろしい。なにしろまるで異国にきて、時差まであるような気がした。

「私はここから東京に戻って、社会復帰できるのだろうか」

と本当に心配になった。温泉場のおじさんたちは、毎日スケベな話をしながらガッハガッハと笑っていたが、彼らはそれでいいが私はまた仕事をしなければならないのだ。電波にも活字にも毒されず、カラッポになった頭でフラフラと東京に戻ってきた。はっきりいってまる一日はボーッとしていた。十時に寝る生活よりもテレビを観ながら「こんなことやってくだらないと思わないのかねぇ、バカどもが」と毒づいてブツクサいっているほうが、やっぱりいいな、とそれから隔離されてはじめて思ったのである。

三浦逮捕はゴールデンタイムにやって

本当に今年は、寝不足になってしまうような事件が多い。八月の日航機の事故のときは、知った人がいるのではないかと不安になって、夜中までずーっと乗客名簿が読みあげられるのを観ていた。そして九月十一日、昼間は夏目雅子嬢がまだ二十七歳という若さで亡くなり、

「ホント美人薄命ねぇ。私なんか力いっぱい長生きしそうだわ」

と複雑な気持ちでいたところ、夜はあの三浦逮捕である。私は寝不足が続いていたため、その夜は早く寝ようと思っていたのである。ところが風呂から上がってボーッとしていたら、突然スポーツニュースのアナウンサーが、

「臨時ニュースをお伝えします。三浦和義が逮捕されました」

と顔をつっぱらかしていうではないか。

「おっ、こりゃ面白いことになった」

とそのままテレビを観ていたら、逮捕の仕方がド派手なこと！　背広を着たおじさんたちがわらわらと出てきて、そのうちの一人が車のボンネットにとび乗ったのを観たときは、あ

とから石原裕次郎が出てくるのではないかと錯覚したくらいである。

しかし、しばらくしてやはり睡魔には太刀うちできず、布団をしいて寝てしまった。ところが、三浦逮捕のその後が気になって仕方がない。あのまま警視庁に連行されるはずだが、

「もしかしたら私がこうやって寝ている間にも、さっきみたいにド派手な一件が起こっているかもしれない」

私の頭の中には、手錠をかける一瞬のスキを狙って、走って逃げる三浦。それを助けに車で駆けつける妻。あわてふためく警察。などというシナリオが次々浮かんできて、

「こうしてはおれない！」

と判断してガバッと起きて、再びテレビのスイッチをつけたのである。そこに映し出されたのは、連行されてくる彼を待つマスコミ陣の姿であった。こんなもの観てたって面白くも何ともないはずなのに、連行されたときの興奮を期待してついついボーッと彼らが到着するまでおとなしくテレビを観てしまった。気がついたら夜中の二時だった。

「クソー、寝そびれてしまったではないの」

翌日の私も当然の如く寝不足であった。ああいう胸がドキドキする大捕物は、やはり八時のゴールデンタイムに、ライブでやっていただきたいとハレマブタをさすりながら思ったのである。

ブリッ子のデビューはやめて

このあいだ、「オールナイトフジ」にチャンネルをまわしてみたら、前にも増して女子大生の質がドーンと落ちているのにおどろいてしまった。ベッタラベッタラと足はひきずってるし、おまけに猫背。とりあえず、キャーキャーとはしゃいではいるが、目の光はどんより。あれは完璧にオバさんである。まだ高校生もまじって元気いっぱいの、おニャン子クラブのほうがマシだと思っていた。ところが河合その子とかいう名前の、おニャン子クラブ出身の歌手がテレビに出ているのを観て、本当にあきれかえった。番組のゲストとして出ていたのだが、何をきかれても蚊のなくような声で、ボソボソッと答えるだけ。たしかに顔はかわいい。しかしどこか患っているのではないかと思われるくらい、若々しさがないのである。

「まあ、十五、六でこんなに沈んでるなんて先が思いやられるわい」

と冷たい目をして観ていた。ところが司会者が、

「河合その子ちゃんは……たしか、二十歳ですよね」

というのを耳にしてたまげてしまった。十五、六だと思っていたから、あれでも、

「まあ、情けないわ」

ぐらいでとどめておいたのだが、あれで二十歳となると、あの子はバカである。知性とかいうものは何も感じられない。だいたいがいろいろ質問されて、おびえた顔で上目づかいにして、ただこっくりとうなずくだけの二十歳の女がいるなんて信じられない。そうやっていれば他人がかわいいといってくれると思っているのか、自発的にロリコン趣味の男を誘っているみたいで気持ちが悪い。そのとき一緒に出演していた映画評論家のおすぎが、彼女の肩に手をおいて、

「あんた病気なの？」

といったのがおかしかった。そういわれても黙ってうす笑いをうかべて、ちがうちがうと手を振るその姿は異様であった。

ところがある雑誌をみていたら、〝彼女はかなりのやんちゃ娘、スタッフ相手にいたずらしたり、おどけたり〟などと書いてある。それではあのブリッ子した姿はなんだったのだ！　あんな子が次から次へと出てきたってろくなことがない。いい加減ブリッ子をデビューさせるのはやめてほしいが、皆さんには彼女のバカさを確認してほしいので、ぜひテレビに出ているときは観てもらいたいと思う。

あれっ!! 江川がバット持ってる?

私は野球というものは第二の国技のようなもので、野球が嫌いという人はいても、すべての人がルールを知っているものだと思っていた。ところが全く野球に対して無知な人を目のあたりにして、私はビックリしてしまったのである。

その日、私と彼女は大阪にいた。彼女というのはある雑誌の編集者で、取材のために二人して大阪に来たのである。炎天下あちこち歩きまわってヘトヘトになりながらも任務を終え、グッタリ疲れて小さな料理屋さんで晩ご飯を食べていた。店の隅のテレビでは巨人、阪神戦の真最中。地元だけあってお客さんも点が入るたびに大騒ぎしていたのであった。すると隣りに座っていた彼女が、突然「あれっ!!」ともものすごい声を出した。何事かと思って彼女のほうをみると、呆然とテレビを見ている。

「どうしたのよ」ときくと画面を指さし、「江川がバット持ってる……」

とつぶやくのであった。

「バーカ、決まってるじゃないの」

そういって私はガハハと笑いとばした。きっと彼女は疲れている私に気をつかい、ギャグの一つでもいって場を盛り上げようとしたのだと思ったのである。ところが依然彼女はボーッとしたまんま。目がマジになっている。

「群さん、江川ってピッチャーですよね。ピッチャーってタマ投げる人ですよね。どうしてバット持ってるんですか」

そうきかれて私は仰天した。彼女は、ピッチャーというのはタマだけをずーっと投げ続け、バッターというのはずーっとタマを打ち続けているものだと思っていた。だから江川がバットを持っているのはおかしいというのである。

「王監督だって現役のころは、バッターとしてあれだけのホームランを打ったじゃないですか」

「それじゃ、一回の表とか裏とかいう意味わかる?」とたずねたら、案の定「何ですか、それ」というお答え。私は焼魚をつつきながら、野球のしくみを教えてあげた。

「そうか。どうも変だと思ってたんですよ」

新しい知識を得て喜ぶ彼女を横目でみながら、私は日本全国に野球が浸透するにはまだ遠い道のりがあるのだということを知ったのである。

心おきなく観られたのはたったの一回

私は地方のホテルに泊まって、ポルノビデオを観るのを秘かな楽しみにしている。といっても街なかの赤やピンクのネオンがまたたくなかにヨロヨロと出ていくわけではない。ホテルに設置してある、有料テレビのポルノを観るのである。

大学時代にゼミの男の子や女の子たち八人と、駅前のポルノ映画館へ行ったのだが、最初に観たのが、ナントカ夫人縄地獄とかいうSM映画で、まだ純情だった私はすり切れたシートの上で、

「ゲッ、これがポルノなの?」

と仰天してしまったのであった。それから十年たって、

「やはり物を書くにあたっては、いろいろなものを観たり聞いたりしなければいけない!」

とどうでもいい理屈をこねて、旅行にいったさきざきの、有料テレビを楽しみにしていたのである。ところが、ところがである。今まで八回有料テレビのある部屋に泊まったがそのうち、私が心おきなくポルノビデオが観られたのは、山本晋也監督の「未亡人下宿」のたっ

た一回だけであった。あとは全部、有料スイッチに切りかえたとたん、ザーッという砂の嵐画面になり、ウンともスンともいわない。

「うーむ、忙しいときにわざわざ旅行しておるというのに、これではホテルに泊まっている楽しみがないではないか！」

必死にテレビを揺すったり叩いたりしてみたが全くダメ。頭にきてフテ寝してしまった。そしてこのあいだ行った某温泉場のホテルは最悪であった。テレビの上にわざわざピンクの文字で、「夜の楽しみロマンポルノ劇場」とごていねいに書いてある。テレビの横にはおみくじの箱みたいなものがくくりつけられていて、百円で十分観られると書いてあった。私は財布の中に百円玉がジャラジャラあることを確かめて、テレビの前にぺったり座って、ジャラジャラと百円玉をそのおみくじ箱の中に入れた。

説明してあるとおり、チャンネルを2にあわせて待っていたら、女性の「アーン」という声がした、と思ったらブチッといって切れてしまった。実は私は欲張って百円玉を十個も入れてしまったのである。頭にきてブッ叩いたりケッとばしてみたが画面は真っ暗なまんま。ガタガタ揺すると私が入れた百円玉の音が虚しくきこえるだけ。そのうえあまり揺さぶりすぎて、配線までブッ切れてしまった。私はポルノとは相性が悪いことを悟り、それ以来有料テレビには絶対手を触れないようにしているのである。

美しさ通り越し人造人間だ！

最近、ジムトレーニングやウエイトリフティングをする女性が増えている。まあ、家でひっくりかえって、ケーキやまんじゅうを食べているよりは、体を動かしたほうがいいと思う。おかあさんが、ギッチリと肉がつまった円筒形の肉体を生かし、エイヤッと重いバーベルを上げるのなんかを見ていると、なかなか爽快ではある。しかし、あの、ボディービルだけはカンベンしてほしいという気がする。

私は昔から、あのボディービルというヤツが大嫌いである。昔は男性しかやっていなかったけれど、わざわざつらい思いをして汗をダラダラ流し、ようやるわいと思っていた。しかしその当の男性諸君はその体にオイルなんぞを塗って海パンはいて、あっちむいたりこっちむいたりポーズまでとってしまう。異常に発達した肩やフトモモ。それが長い筋肉質の足にささえられているのならまだ鑑賞に耐えうるが、胴体にめりこんだとしか思えないような短足ではみっともないだけである。おまけにたいていの人がパンチパーマで、個性がなく、一体何であああいうものに順位をつけてトロフィーをあげたりするのか理解できなかった。

そして先日テレビで紹介されていたのは女性ボディービルダーのコンテストであった。私ははじめて、リサ・ライオンの写真を見たとき「何てきれいな体だろうか」と感激した。それはちゃんと筋肉もあって、お尻や胸もふつうの女性と同じように存在していたからであった。ところがそのテレビに登場していた女性たちは、胸などすべて筋肉と同一化してしまっており、ビキニのブラジャーもただアバラにはりついているだけのものであった。にっこり笑って彼女たちはポーズをとっていたが、グッと力を入れると筋肉が盛り上がってくる。きれいというよりも、全身筋肉のウロコでかためられた人造人間という感じがしてしまった。もし万が一、ブラジャーがとれてしまっても、ドキッとしない。インタビューされた女性は「筋肉がついているほうが、いいと思うから一生懸命トレーニングしてます」といっていたが、それは人の好き好きであるから私がとやかくいうことではない。しかし、自虐的な喜びにひたりながら、肉体を造っているという作業を、これみよがしに他人に見せびらかさないでほしいと、筋肉だらけの体を見て思ったのだった。

〝やらせ〟を逆手にとって楽しもう

やらせリンチ事件が発覚して、あっという間に「アフタヌーンショー」が終わってしまった。リンチ事件の被害者の母親が自殺までしてしまったのだから、社会的責任をとっての打ち切りは当然である。

で、この機会にクローズ・アップされたのが、やらせである。私はテレビを観ている人たちは、やらせとそうでないものとの区別がつくものだと思っていた。もちろん、私が観てもわからないものも中にはあるが何となくウサン臭い雰囲気がただよう番組は多い。

特に若い子たちは、そのへんが敏感で、ウサン臭いものも本能的に感じとって、「くさい、くさい」とバカにしながら楽しんで観ているものだと思っていた。ところが、ある雑誌を読んでいたら、そうではないようなのだ。「元気が出るテレビ!!」で放映していた、奇跡を起こすガンジー・オセロというインド人のジイさんのことを本当に信じていた十六歳の男の子がいて、これがウソというか、やらせだったというのを知って激怒しているのであった。ジイさんバアさんが、そう思うのならわかるが、これが若者だからおどろいてしまったのである。

私などは根が疑い深いから、どんな番組でもやらせがあると思って観ている。そんなに世の中、面白いことばかりではないし、あんなにうまく感動の御対面なんて成り立つわけもない。頭の悪そうなタレントが、クイズ番組でズバズバ答えを当てられるわけもないのである。

「まあ、すごいわねぇ」

と感動して観ている視聴者はいいツラの皮である。かといって、やらせをなくしてしまったら、きっと番組は面白くなくなってしまうだろう。だから観るほうもそれを逆手にとって楽しめばよいのである。テレビを観て何かを得ようと思うから、ダマされたような気がして、腹が立つのである。きっとそれは、テレビ局で番組を作っている人は、人間的にも立派できちんとした人だという誤解に基づいている。声を大にしていいたいがテレビを信じすぎてはいけない。テレビだけじゃなくて、出版も同じである。有名大学を出ただけが取りえの、とんでもない性格の人間がマスコミには山ほどいる。そういう輩《やから》が情報を流す仕事にたずさわっていたら、放送倫理なんかどうなるか、いわずもがなである。視聴者も少し賢くならないと、厚顔無恥の奴らにうまいこと丸めこまれて、結局はバカにされるだけなのだ。

中身はおばさんだった

私は最近、「夜のヒットスタジオ」を観ている。井上順が司会をしているころは、何とはなしに観ていたのだが、新たに古舘伊知郎が司会者となってみると、井上順のアホさがわかった。やはり後任の人が頭の回転がいいと、やめた人は誠に気の毒な立場に追いこまれることになる。しかしその中で、堂々と司会を続けている芳村真理はなかなかのものである。私は彼女のファッションや喋り方が、面白おかしく批判されたりしていても、正直いって結構彼女のことを評価していたのである。そりゃ、いつも奇抜な格好をしているが、私はきちんとバランスがとれていて、ちゃんと着こなしていたと思う。やはり、もともとがお洒落な人でないとああいうふうには着こなせないはずである。「夜のヒットスタジオ」のときと「料理天国」のときと、全く装いを変えている。TPOをわきまえているのだから、どうしてあんなに、とっぴょうしもない格好をしているといわれるのか、私はよく理解できなかった。まあ、「みっともない」とか「いい年をして」などと悪態をついていたのはほとんど男であったのを考えてみると、保守的な男の趣味にあわなかったというだけのことだったのだろう。

しかし、先日の「夜のヒットスタジオ」での発言をきいて、私はこの考え方を変えなきゃいけないと思った。その日出演していた、モッズというバンドの男の子が家に帰って洗濯をしているのだ、と古舘伊知郎がいった。モッズというのは、もともとライブ専門で、メンバーもヘラヘラ笑ったりしない、いつも眉間にシワを寄せている感じなのである。そういう彼が、夜、洗濯をしているというのは、なかなかかわいいではないか、という気がしたが、そのあとの芳村真理の発言がいけない。その男の子の肩を叩いて、

「まあ、それじゃ、かわいいお嫁さんもらわなくちゃね」といったのである。

「クリツィアやアルマーニの服着てたって、中身はおばさんだなあ」

とガッカリした。彼女だって若いころからずっと働いてきた人である。家庭を持ち、子供もいて仕事を両立させている人である。そういう人に、「洗濯するためにお嫁さんがいる」などという発言だけは、してほしくなかった。ニッコリ笑って彼の肩を叩き、

「大変だろうけど、男だってそのくらいのこと、やらなきゃね」

ぐらいいってもらいたかった。残念ながら彼女も中身が外身についていけなかったようであった。

気のゆるみは目に出る

最近、めったやたらと出戻りの芸能人がめだつ。アイドルでキャーキャー騒がれた絶頂期に、涙ながらに結婚で引退し、その後週刊誌をにぎわしたかと思っていたら、涙、涙の離婚記者会見。そしてしばらくすると、

「すいませーん。失敗しちゃったんで、またお世話になりまーす」

といったふうに、続々と芸能界にカムバックしてくる。しかし悲しいかな、アイドルの寿命は短く、誰もカムバックなんか望んでいないのである。

「あの、隣りのミヨちゃんが帰ってきた」「真子ちゃん復帰」といったって、いったいどれだけの人間が彼女たちのカムバックを待っていたというのだ。

しかし彼女たちの顔を見ると、明らかにカムバック直後よりも生き生きと美しくなっている。家庭に入ってしまってからの、ボケーッとした顔つきよりは、だいぶマシにはなっている。彼女たちの演技や歌を楽しもうなんて毛頭思わないが、だんだん元通りにアカ抜けてくるのを眺めているのは面白い。よく主婦は、外に勤めに出ていないから顔が一様にボケてい

るといわれるが、男だってそういうことがありうる、と先日発見してしまった。

その男とは、あの元新日鉄釜石ラグビー部の松尾雄治である。私はテレビでラグビーの試合を観て、あれはなかなかよい男だと思っていた。本当に試合のときはいい顔をしていたのである。ところが引退してからというもの、まず彼の目からは輝きがなくなってしまった。ドロンとした目で女子大生を追っかけていたのかどうかは知らないが、今の顔はヒマをもてあましたおじさんの顔である。いくらコマーシャルで時計をはめてニコニコ笑っても、ニューファミリーのお父さん風の服を着てラグビーボールを蹴っても、グラウンドで泥だらけになったときのあのいい顔ではない。テレビに出ているときの顔が真剣になっていないから、見るに耐えないのである。

今までは一介のサラリーマンで、仕事をしつつラグビーもやっていた。きっと給料も安かったであろうし、時間的にも制約があった。しかし今は、いくらでも金が入る立場になって、その状態に甘えているのではないか。あんなに〝いい顔をした男〟だと思っていたのが、今では世界史の教科書の最初のほうに載っていたクロマニヨン人としか見えなくなってしまった。

男、女にかかわらず、気のゆるみは目に出てしまう。これからもシャキシャキお仕事をしようと自戒をこめてそう思ったのであった。

出処をわきまえぬおしゃべり

私がお気に入りで観ている番組のひとつに、「情報デスクTODAY」がある。キャスターの秋元秀雄さんは「円高、ドル安」はどのようにして起こるか、を詳しく解説してくれたり、公団のペット公害についても的を射た意見を述べて、この人の話なら安心して聞いていられるという感がある。アシスタントの小島一慶さんも阿川佐和子さんもなかなか感じがよい。特に私は阿川佐和子さんのファンである。

最初のころはトチリも多く、間違えるたんびに私までドキドキしてきて、

「大丈夫かしら」

と心配していたが、最近は慣れたせいか安心して観ていられる。ところが先日エチオピアに井戸を掘る、という番組の企画で、佐和子嬢がエチオピアに旅立った。その留守をまかされたのは、檀ふみ嬢である。

どういうわけかこの檀ふみさんという人は、私の友人周辺ですこぶる評判が悪い。デビュー当時は清潔感の漂う彼女のファンだったが、NHKの「連想ゲーム」で観せる、眉間にシ

ワを寄せたあの勝気そうな表情を観たらおっかなくなってしまい、

「あんまりお友だちにはなりたくないタイプ」

と判断してしまった。女子大生にきいても、私と同年輩の男性にきいても、

「ちょっとね……」

というお答えであった。あまり頭が良すぎてダメなのかしらと思っていたが、「情報デスクTODAY」を観ていて、嫌いな理由がわかった。佐和子嬢とは個性が違うのだから、当然同じようにはする必要はないのだが、ふみ嬢はめったやたらとウルサイ。ゲストが話しているのに、

「ちょっと、ごめんなさい」

とすぐ口をはさむ。キャスターの秋元さんをも差しおいて、一生懸命質問をして、その説明をきいては、一人で深くうなずいて納得している。ペラペラかん高い声でしゃべりまくって、うるさいったらありゃしない。

「少しは黙っておれないのか」

と画面にむかってドナリたくなった。視聴者の代表としていろいろ質問したのかもしれないが、現状把握がニブイので、ただ邪魔をしているだけなのである。頭の回転がいいのはわかるが、それをひけらかすとみっともないことがわかっていないようだった。佐和子嬢はも

っとひかえめだが、誰も頭の回転が悪いとは思わないはずである。ただ出しゃばればいいというものではない。

今は佐和子嬢も無事戻ってきて平穏な毎日であるが、これからは絶対あのテのニュース番組には、彼女を出してほしくない、と願うばかりである。

〝デカイ〟人は一緒にテレビにでるな

私の友人に、街で有名人を見かけるたんびに電話で報告してくるのがいる。元気なころの夏目雅子嬢を六本木で見かけたときも、早速電話があり、

「あたし、今まであんなきれいな人見たことないわ。自分が女じゃなかったら、はっきりいって路上でタックルしてるわね」

と、はあはあしながらいった。それ以降彼女は、三浦友和、ピーター、岸恵子、古手川祐子などの人々を見かけ、そのたんびに感動している。そして電話のときに必ず、

「とっても顔が小さいのよ」

というフレーズをいれる。実は彼女は自分の顔がデカイと悩んでいるのだが、はっきりいって彼女より私のほうが顔はデカイ。だから彼女が悩むたんびに、私はそんなことないわよ、といいながら、ムッとしてしまうのである。

私の数少ない芸能人遭遇体験からしてみても、彼女のいう、

「芸能人の顔は小さい」

という説は、一部の例外を除いてうなずけるものである。何年か前、私は四谷で山内賢を見かけた。今の若い子のなかには彼の顔さえ知らない人もいるかもしれないが、私の子供時代、このあいだ、コロコロ太って北極に行った和泉雅子との青春コンビは大人気だった。そのときも、山内賢は普通の男の人よりもちょっとハンサム程度だ、と思っていたのである。ところが、実際私の目の前を通りすぎた彼は、ものすごーくカッコ良く、顔もとても小さかった。巷では別段カッコイイとかもてはやされない彼ですら、あのすごさ。それならば郷ひろみなんて、どんな美しい顔をしているのかと想像したら失神しそうになった。

一年前に対談でお会いした如月小春さんも、テレビで拝見している以上に美しく、かつ顔が小さかった。

「さあお二人で写真を」

といわれてビビッたのはこの私である。一人で写っている分にはまだいい。これでは明らかに顔面積が比較されてしまうではないか。しかしこの場で抵抗するのも見苦しいので、涙をのんでカメラに納まった。出来上がった写真を見たら、予想どおり私の顔面積は如月さんの一・五倍はあった。西川のりおとか、片岡鶴太郎とか、顔がデカイといわれている人も、実際にはそれほどではないのではないか、と、テレビを見るたびに思っている。テレビに映っていてもなお顔の小さいキョンキョンの顔なんて、手のひらに乗るくらいなのではないだろうか。

私はその理由ゆえ、絶対テレビには出るまい、と固く心に決めているのである。

まかり通る〝恥はカキ捨て〟

私は以前、外国の曲をパクる、日本のアイドル歌手の歌のことをこの欄で書いたことがある。最近は業界も自粛しているのか、パクリの噂は耳にしなくなったが、最近新たに登場したのは外タレのレコードのプロモーションビデオからのパクリである。

a-haというグループの「テイク・オン・ミー」という曲のプロモーションビデオは、写真と、それをそのままトレースした感じのイラストが画面で交錯し、イラストからニョキッと男の子の手が出てきたり、女の子がスーッとイラストの中に入っていってしまったりという、新しい手法のなかなか面白いものであった。ところが、先日テレビを観ていたら、それをパクったCMが流れているのでおどろいてしまった。

「まだ性懲りもなく、こんなことをやっているのか」

と怒鳴りたくなった。広告主はヱスビー食品で、商品は、お湯をかけてふりかけみたいなものをカップの中に入れると、サラダスナックとやらになるというアレである。こっちのほうは髪をなびかせたイラストの女の子が、実物の女の子と画面で交錯するのだが、やり方と

してはプロモーションビデオと全く同じ。テレビを観ているほうからいうと、こういうCMを観せられて思うのは、

「このサラダ買ってみようかな」

ということではなく、このCMを作ったのは、よほど創造力のない奴らばかりなのだろうということである。ま、広告というのは依頼主と制作者がいるわけだが、こういうCMができてしまった原因が、どちらにあるかは私は知らない。しかし限られた情報だけならいざ知らず、中学生、高校生までがビデオや映画に興味を持っている現代で、一目で、

「あっ、あれのマネだ」

というものを平気で流すという神経は信じられない。CMを作って商品が売れたり、制作プロダクションに金がガッポリ入ればそれでよい。どうせCMなんて何カ月も流すものじゃないんだから、という、恥はカキ捨てという感覚がまかり通っているのである。そういう中にも、もちろん、

「こんなことして、みっともないなあ」

と思っている人はいるだろう。しかし彼らの口が封じられてしまうのは、すべて「金」が動いているからである。あくどいのに限って金を持ってたりするから始末におえない。ああいうCMを観せられるとイライラしてくるので、最近はNHKにチャンネルをあわせてしま

う、私なのであります。

熱狂する姿はブランド品買い漁るのと同じ

私は、ラグビーに女の子が熱狂する理由がわからない。私も一度、秩父宮ラグビー場に行って試合を観たことがあるが、ルールがわかりにくいし、特にずばぬけて面白いスポーツだとは思えないのだ。

しかしどういうわけか、ラグビーを観に来ている女の子には、美人が多いのである。某雑誌の編集部員がひそかに、〝スポーツ観客の美人度〟を調査したところやはり第一位はラグビー。野球、バレーボールはいまひとつ。最下位は相撲だったというのである。そのうえラグビーギャルは、いいとこのお嬢さまが多く、ブランド物のバッグに、暖かそうなコートをお召しになって、しゃなりしゃなりと歩いておられる。お正月には振り袖まで着てくる方々もおられる。お嬢さまはボーイフレンドの試合の応援に来ているらしいのだが、当のラグビーボーイのほうは、ハンサムばかりではない。体もごつい。スマートさからほど遠いものがある。

かつて取材でラグビー部の合宿所に行って、汚いのとクサイのとほこりっぽいのにはびっくりした。それゆえ、あのラグビーの泥まみれの姿に納得する部分もあるが、もし彼らがラグビーをやっていなかったら、お嬢さまが彼らをボーイフレンドに選ぶかどうか、とふと考えてみた。

あのごつい体で現れて、

「ボク、ラグビーやってます」

といわれるのと、

「ボク、相撲部です」

といわれるのと、どっちが乙女心をゆさぶられるかといったら、答えは明白である。ボーイフレンドが相撲や水球をやってるより、ラグビーをやってるほうが、カッコイイではないか。しかし実際のところ頭の中身や体型には、さほど差はない。国立大学の運動部ならともかく私立大学の運動部なんて、とんでもない高校から、体力のみではい上がってきているのがいるから、慶應だろうが早稲田だろうが、在籍大学からは頭の中身の判断は、困難なのである。

ともかく女はラグビーに弱いのだ。ラグビーをやっている男は、どんなアホでも、カッコよく見えてしまうのである。試合中は真剣だから、エヘラエヘラするわけにはいかないから、一応キリッとした顔をしている。それを観てまたお嬢さまは身もだえる。私はラグビーは観るよりもやるほうがずーっと面白いスポーツだと思っている。きちんとお化粧なさったお嬢さまが、ラガーに群がる姿は、ロレックスやルイ・ヴィトンを買い漁るのと、たいして変わりがない気がするのだ。

ノーギャラ出演、大丈夫?

今年はめったやたら、第三世界を救おうと、ミュージシャンががんばった年であった。昨年末のバンド・エイドをはじめ、「ウィ・アー・ザ・ワールド」、そして南アフリカのアパルトヘイトに反対して結成されたAUAAなど、さまざまなグループができた。ところがエイズ患者を救う集会に来たボーイ・ジョージが、

「デビッド・ボウイはなぜこない」

と憮然として発言していたりして、ミュージシャンたちも無邪気にやっているわけではなく、彼ら同士のもめごともいろいろあるようなのだ。ノーベル平和賞候補になったバンド・エイドの提案者、ボブ・ゲルドフにさえブーブー文句をいうミュージシャンもいたくらいだから、こういう救済ものはなかなかむずかしい。

「どうして、おまえはあっちに出演して、こっちには出演しないんだ」

などと腹をさぐられる人も出てくるであろう。特にブルース・スプリングスティーンなどは「ウィ・アー・ザ・ワールド」にもAUAAにも参加しているし、これから先、いろいろ

なグループができてきたら、どうするのかしら、などと大きなお世話だけど考えてしまう。「ウィ・アー・ザ・ワールド」のときは、まるで便秘女のように力み、AUAAのときはコブシをふりあげて怒っていて、本人はマトモに取り組んでいるようには見えるのだが、いつまでもノーギャラでやっていくわけにもいくまい。いつだったか旅先でビートたけしの「オールナイトニッポン」を聴いていたら、彼が、

「あんなことやってないで豊田商事の奴らに、全国のジイさん、バアさんから貯めていた金をだまし取って来させれば、軽く百億くらい集まるんじゃないか」

などと大胆なことをいっていたが、ミュージシャンの気持ちが果たして実際に役に立っているのかどうか。永続的に、完全に彼らが飢えや人種差別から解放されるまで続けられるのかは疑問である。バンド・エイドのレコードの売上金で毛布や食糧を買ったはいいが、エチオピアに到達してもそこから難民キャンプに届ける便がない、などという噂もきいたし、飢餓終結宣言なんか出していいんだろうかという気がする。

ミュージシャンが、とりあえずも一生懸命力を合わせてがんばる姿には、なかなか胸打たれるものがある。しかし今の世の中、次から次へと天変地異が起こるしこの次、何が待ちうけているかわからん。私としては、あっちこっちエイドしすぎたミュージシャンのためのエイド・エイドができないようにと思うばかりである。

絶句！　あの鶴太郎が同じものを……

私の趣味は編物である。

「えーっ、あんた、そんな女らしいことできるの？」

と疑惑の目をむける輩もいるが、そういうのは無視することにしている。

原稿書きに飽きると、押し入れからモソモソと毛糸をとり出して編みはじめる。

「どーも、すみませんねえ。あと二日〆切り延ばして下さい」

と編集者に電話をかけ、原稿を書かずに必死になって編物をすることもある。だんだん普通の表あみと裏あみのくりかえしでは満足できず、縄あみや、複雑なものに挑戦するようになっていく。何度も目数や模様を間違えて、イライラしながら編んだりといたりしてやっと完成したときの喜びは何物にもかえがたい。

そして最近は、編物の最難関、編みこみ模様に手をそめている。何色もの毛糸がからみあうし、ふつうにセーターを編むよりも、手間が三倍くらいかかる。それでもやっとの思いで、後ろ身ごろを編みあげた。あまりに見事な出来ばえに、われながらホレボレし、涙まで出てきそうになった。

「これを着たら、カッコイイだろうなあ」

と内心ホクホクしていたのである。

ところが、ある日悪夢のようなときがやってきた。昼すぎにテレビのスイッチをつけ、画像が表れるまでボーッと眺めていたら、ドへドへと笑いながら、片岡鶴太郎がはしゃいで出てきた。その姿を見て、たまげて椅子からころげ落ちそうになった。何と、今私が必死になって編んでいる最中の、あの汗の結晶ともいえる編みこみセーターと、寸分ちがわぬものを着ていたのであった。

「こんなことが、あってよいのだろうか」

私は怒ってセーターの編み方が載っていた本をひっぱり出し、どうして鶴太郎が同じセーターを着ているのかと調査したら、そのセーターは某デザイナーブランドのものであったため、金を出せばいくらでも買えるシロモノであった。はしゃぐ鶴太郎を横目で見ながら、ブスッとセーターの後ろ身ごろをといてしまったのは当然のことである。もしもジュリーやショーケンが着ていたら、嬉々として編続けていたであろう。たまたま鶴太郎が着用していたための不幸であった。うちひしがれて編物仲間の友人に電話をしてその件をうったえたら、

「あーら、まだマシよ。あたしなんかガッツ石松と同じだったことあるわ」

と冷たくいわれた。

それ以来、私はセーターを編む気が起こらない。

やっとわかった〝密室の恋〟

先日、「ニュースステーション」を観ていたら、今年話題になったことばを十個選び出し、道を行く人々に十個のうちいくつまでわかるかをきいていた。第一問はパラコート、第二問はジエチレングリコールという新聞やテレビ、ラジオで毎日耳にしたことばだったが「パラコート？　知りません」と堂々といってのけた若い主婦がいたのにはおどろいた。正直いって、「こんなことばも知らないのか」とバカにしたくなったが、考えてみれば主婦としたらパラコートは何ぞやということよりも、町内でどの店が安くて良いものを売っているか、ということを知っているほうが価値があるのかもしれない。しかしいくらなんでも世間で騒ぎになっている危険なものの名前ぐらい知っててもいいんじゃないか。主婦というのは世間の動向とは無関係でいても、十分に成り立つ存在だ、ということをあらためて感じた。そのパラコートを知らなかった主婦だけでなく、十個のことばの意味が何かを全問答えられたのは、百人以上たずねてたった一人。半分答えられた人は九人しかいなかったということである。

実は私はこの十個のことばを眺めていてハッとした。自分が長いこと信じきっていたことが間違いだったということがやっとわかったのである。それは矢沢美智子のロス殴打事件のときによく使われていた〝未必の故意〟ということばである。私はそれまで、ずーっとこのことばは〝密室の恋〟だと思っていたのである。ニュースで、キャスターがマジメな顔をして、

「やはり、これは密室の恋かどうかが争点になりそうです」

というのをきいて、

「ずいぶんロマンチックなことが争点になるのね」

と感心していたのである。公判で、

「あなたは、密室の中で彼とどのような話をしたのですか」とか「結婚したかったそうですが、そのときどういう気持ちでしたか」とか、みんなマジメな顔をして矢沢美智子に、二人の恋がどういうものであったかを、根掘り葉掘りたずねるのだと想像していた。

しかし、ちゃんと漢字で書かれた正しいことばを見て、はじめてその意味を納得したのであった。まさしくそれは、字が示すとおり〝未必〟の〝故意〟で、これが争点になるのは当然であった。「なーんだ、そうだったのか、ハハハ。ずーっと間違えてた」と一人で照れ笑いしたものの、結局は自分も物事を知っているようで、実は全然わかってないということを思い知らされた年末であった。

斜断機

「産経新聞」（産経新聞社）一九九〇年4月20日〜一九九一年5月一日（不定期連載）

貧乏人は無神経で鈍感なのか

『くらしは楽しみ』という本を読んでいたら、布団や洗濯物を他人の目から見える位置に干すのは見苦しいことだと書いてあった。渋谷区ではこんなことがなかったのに、現在の世田谷区では六十世帯の二分の一は、わざわざ物干しのポールをベランダに置いて干している。世田谷区の住民の意識の低さがはっきり表れているというのである。

「文化水準の高い欧米では、景色を重んじます」「青山あたりのマンションの人たちは、プライドがあるんです。お金持ちというプライド、インテリというプライドが」と、著者であるイラストレーターの女性は述べ、彼らのような人々は、不愉快なものは他人の目に触れさせないというのである。

私自身も他人の目に触れるような場所には干さないが、他の人が違うことをしていても、ちっとも気にならない。意識が低いとも思わない。太陽を見ると他人の目など関係なく、平気でパンツや布団を干してしまうような人が憎めないからである。

それにパリでは特に景色を重んじることにはうるさいようだが、足元は犬のフンがあちこちに散らばっていて、日本の比ではない。これが美意識の高い国民がすることだろうか。日本人の生活に関して文句をいう人は必ず、パリでは……とひきあいに出すけれど、パリの人たちだって汚いものを他人の目に触れさせても平気な部分を持っているのだ。

日本にいるときは他人に迷惑をかけない範囲で好きなように暮らし、外国に行ったときはその国のルールに従う。これで十分ではないか。パリに住んでいるわけでもないのに、洗濯物を日に当てたくらいで、意識が低いといわれた世田谷区の人々は気の毒だ。

彼女は自分の美意識にはずれた生活をしている人に対してとても冷酷で、彼女と同じ感覚を持たないと、無神経で鈍感な人間だといっているような文章が書き連ねてある。いくら素敵に暮らしていても、こういう性格の人にはなりたくないと思わせるような本だった。（菜）

こんな手抜きの本では遊べない

今まで品切れになっていた本が、衣替えしてまた読めるようになるのはうれしいことだが、発行されて一年しかたっていないのに、雑誌がそのまま単行本に姿を変えているのをみると、何かだまされたような気になる。たとえば今後手にいれるのが不可能になる雑誌ならば歓迎するが、そうでもないのに値段を高くして外見だけ変えているのは、何か魂胆があるとしか思えない。

JICC出版局の『現代文学で遊ぶ本』が単行本として今年の三月に発売された。昨年の二月に「別冊宝島88」として発売されたものである。腰巻きや目次には別冊に一部加筆したものだと書いてあったので、新しい文章が書き加えてあるのだろうと、別冊を購入していたものの、こちらも買ってみた。ところが一部加筆というものの、中身はまるで別冊と同じ。加筆されているのは著者紹介の部分であるとか、ビルマをミャンマーに変えたりとか、西暦の表記を一部変えたりとかそんな程度なのである。そして原稿を書いている著者たちの文章はひとりを除いてそのまま。単行本にするにあたって、著者校正などさせていないようだ。

だから現在では発行されている『セルフ・ヘルプ』も近刊のままになっているし、『薔薇の名前』についても、日本で発売されたことなどひとことも触れられていない。著者校をさせないのなら、今年、東京創元社から発売されたことを明記するくらい、編集部がやるべきではないかと思う。

ただひとり原稿に手を加えている鈴原冬二氏は肩書も「ジュニア小説研究家」から「ポルノ作家」に変え、開高健ではちゃんと「珠玉」を書き加えている。ある寄稿者の原稿では新しいデータが加えられ、他の寄稿者のは古いままというのは、どう考えてもフェアではない。いったいこの編集部は何を考えているのだろうか。鈴原冬二氏と編集部との関係のうさん臭さがつきまとう、他の寄稿者と読者をバカにした本である。

（で）

「キッチン」製作者の勘違い

「キッチン」のビデオをやっと見た。あちこちのレンタル・ショップを探したあげく、四軒目にやっと借りることができた。映画館には人が入らなかったらしいが、ビデオのレンタルは好調なようである。ところが見終わってまず頭に浮かんだのは、「映画館で見なくてよかった……」であった。性転換した母親役を好演した橋爪功が、気の毒になるくらい、他の出演者の台詞がうわすべりして悲惨だった。生活感がないデパートなどのCMを延々と見せられたみたいなのだ。千五、六百円払ってこれを見たら腹が立つが、レンタル料の三百円なら納得しようという程度のものであった。

森田芳光に限らず、この映画は誰が撮っても、人は入らなかったのではないか。『キッチン』を読んだ若い女性たちには、自分なりのイメージがしっかりと出来上がってしまい、それを映像によって壊されるのが、嫌だったのだと思う。

彼女たちは天涯孤独の主人公の桜井みかげだけでなく、彼女に対して下心なしで手をさしのべる優しい雄一や、性転換して過去をすっぱりと切り捨ててしまった彼の母親、それぞれの姿に自分を投影していた。それはテレビで浅野ゆう子が、彼女たちの手の届く存在として、今風の部屋に住み、かっこいい洋服を着て動きまわる表面的なものと違い、もっと根源的なもの、もっと彼女たちの生活に根差したものだ。それを彼女たちは本の登場人物から読み取ったのだ。

チャーミングな男女を登場させ、お洒落な広告や女性雑誌のグラビアみたいな映画をつくれば、女性たちが見に来るとふんだ、製作側の見事な勘違いがこの作品にはあった。

若い女性たちの間には必ず先兵隊がいる。彼女たちは封切り直後に映画を見にいき、これはビデオで十分と判断し、それが口コミで広がったのだろう。

女性をターゲットにした映画を製作する監督は、一筋縄ではいかない若い女性の心理を、もっと勉強してもらいたいものである。

（菜）

出産しない女性をおどすな

本紙六月二十一日付の夕刊に、「出産もがんにかかわり　子供を産まない人は危険」という記事が掲載されていた。子供を産む気がない女性たちは、きっとこの記事を読んでドキッとしたことと思う。それと同時に、日本女性に子供を産んでほしくてしようがない、政治家のおじさんたちの、「しめしめ、これで何とか出生率があがってくれれば」とほくそ笑んでいる姿が目に浮かぶようである。

医師たちの研究成果ということであるから、ちゃんとしたデータに基づいているのだろうが、記事の書き方が、子供を産まない女性に対するおどしのように感じられたのでひとことといいたくなった。

以前から、未婚、あるいは出産経験のない女性は乳がんや卵巣がんにかかりやすいといわれていた。私の周囲の該当する女性たちは、「気をつけなきゃいけないわね」といい、率先して検診を受けたりしていた。

ところが近ごろ、子供を産んだ女性が乳がんにかかったという話を多くきくようになった。

データ的には未婚や出産経験のない女性のほうがリスクが高いのかもしれないが、はずれたくじをひいてしまったみたいに、どんな人でもがんになる可能性がある。

たとえば子宮がんの場合は、出産回数や性体験の多い女性がかかる率が高いといわれている。女性のがんに対しての記事であるならば、こちらのほうのデータも載せて当たり前なのではないか。それではいかにも子供を産まない女性だけが、がんにかかってしまうかのようにとらえられてしまう。

それに食生活など他の要因も加味した「相対危険度」を計算したとあるが、知りたいのはそれがいったいどういうものであるかであって、がんにかかる率が何倍という数字ではない。がんというのは言葉を見ただけでも嫌なものだ。それゆえ、単なるこけおどしではなく、きちんとした視点で記事を書くべきではないだろうか。

（で）

無断引用見抜けない編集部

「文藝春秋」八月号の読者投稿欄に、筒井康隆氏に対する、無断引用のおわびが掲載されていた。過去に何度か盗作や引用のおわびは読んだことがあるが、編集部のおわびだけではなく、このような無断引用した本人のおわびまで掲載されているのは見たことがなかった。

無断引用された筒井氏には失礼かもしれないが、この両者のおわび文を読んで、私は笑いがこみあげてきた。編集部は筒井氏におわびをし、引用した人は筒井氏、読者、編集部におわびをしている。たしかに引用した人は悪いが、新聞や雑誌に投稿しようという人、物を書く人はエキセントリックな部分があるものだ。引用した本人は「ボツになったらもともと。掲載されたらもうけもの」くらいの感覚しか、なかったのではないか。きっと彼は、自分がそんなに悪いことをしたとは、思っていないはずなのだ。

この件でいちばん間抜けだったのは、無断引用した文章を掲載した、「文藝春秋」の編集部である。ひとりやふたりで編集をやっているわけではあるまいに、編集部には筒井氏の本を読んだ人間はいなかったのだろうか。そうでなくても素質のある編集者は、ある年月やっていれば、うさん臭いものには、カンが働くようになる。それに気がつかなかったのは、お笑いというほかはない。引用した本人は筒井氏と読者にわびる必要はあるが、編集部には謝ることはなかったように思う。これは編集のプロとして、見抜けなかった編集部が悪い。こうなったら、みんなどんどん無断引用の投稿をして、編集部にどれだけ眼力があるか試してみたらどうだろう。

近ごろは、自分の会社でどんな本を出版しているか、知らない編集者も多い。作家の書名を取り違えたりするのはざらである。ある編集部では、「あまりに文章がうまい投稿には、気をつけるように」というお達しまで出たそうだ。何とも情けない話ではないか。　（菜）

でしゃばりでいいじゃないか

このところ、海部首相夫人の評判が、すこぶる悪いようである。

週刊誌などでも、まるで自分が首相であるかのように、堂々と目立っている写真が載っていたりする。盧泰愚大統領の離日の日に、相撲を見にいったのも彼女の意向だったとか。ウソかホントかよくわからない記事も見かけるようになった。

私の周囲でも、

「イメルダのようだ」

という声を何人からきいたかわからない。しかし、私個人の感想で言えば、首相夫人たるもの、あれぐらいのでしゃばり根性がないと、やっていけないのではないか。それに彼女の場合は、陽性のでしゃばりなので、嫌みに感じないのである。

チャールズ皇太子、ダイアナ妃が訪日された際、それまでいるかいないかわからないくらい地味だった、当時の首相夫人が、何を血迷ったか、娘ほど年齢が違うダイアナ妃が着ていた大胆なスーツと、同じようなスーツで出迎えたことがあった。全く似合わない、まるで金太郎の腹掛けみたいなデザインの服を、堂々と着ている首相夫人を見て、私はびっくりした覚えがある。

　今まで彼女のなかで押し殺してきた、

「私は首相夫人だ！」

という感情が、一気に噴出したという感じであった。とても怖い姿であったし、こんな写真が世界各国の新聞に掲載されたらどうしよう、などと、いらぬ心配までしてしまった。これから比べたら、海部首相夫人など、罪がなくてかわいらしいではないか。

　選挙中は夫のために一生懸命頭を下げ続け、当選となれば夫の蔭で涙をそっとぬぐう。何かことが起こると、

「申し訳ございません」

と頭を下げる妻。男性はこういうタイプがお好きかもしれないが、いいかげんうんざりしてくる。海部夫人や浜田マキ子さんのような、憎めない陽性ででしゃばりにどんどん出てきていただきたいものである。　（で）

装丁関係者にも印税を

前々から不思議に思っているのだが、単行本の装丁をする人や、表紙を描いた人の報酬が、印税でないのはなぜなのだろう。

物を書く立場だと、多少の例外はあるが、たいていの場合は、増刷をしたらそのつど印税が支払われる。しかし本の外側を整える人々に対しては、一回こっきりの報酬しか支払われない。これはとても気の毒である。

本は中身も大切だが、外見も相当に重要になる。書店の店頭で装丁にひかれて買ったものの、読んでみたら装丁負けしている作品も結構あった。

その反対に気にはなっていたが、装丁がいまひとつでずっと買う気にならなかったものを、何かのはずみで読んでみたら、思わぬ拾い物だったということもある。

本の顔をつくる仕事はとても大変だ。まずゲラを読んで自分のイメージを絵にする。こんな感じの絵を描いてくるんじゃないかと、こちらが想像していた図柄ではなく、全くイメージになかった、でも、うまくポイントをついている絵を描いてこられると、「やられた」ととてもうれしくなる。この本にはこういう面もあったのかと気づかされるからだ。

本は物書きだけが、つくるわけではないのに、書き手だけに印税が支払われるのは、どうも納得できないのである。

それに物書きに対する賞は増えているが、装丁に関する有名な賞はない。まだまだ活字のほうが上で、絵は添え物的な考えが、出版業界に根強いからではないか。

編集者のなかには、イラストレーターに失礼なくらい、ああしろこうしろと細かく注文をつける人がいる。横でそれを聞いていると、「それならお前が描けばいいじゃないか」といいたくなることもしばしばだ。物書き以外の、本をつくることに携わっている人の労力が、もう少し報われるべきである。

だからといって、装丁者やイラストレーターの間で、印税目当てに赤川次郎争奪戦が始まると、これまた困ってしまうのだが。

（菜）

やめてほしい「なぜ売れる?」

あちらこちらで『愛される理由』(二谷友里恵著)がなぜ売れるのか、という分析がされている。この本に限らず、本がベストセラーになると、雑誌、週刊誌の記者から、「どうしてこの本が売れていると思うか」と、コメントを求められることが多い。『ノルウェイの森』が発売されたときも、毎日、同じような電話がかかってきて閉口したものだった。

先方はあれこれ自分なりの考えを電話口で話して、何とかコメントをとろうとするのだが、いつも、「そんなこと、こちらの知ったことか」と思う。

ふだん本を買わない人々が、その本に興味を持って買っただけの話ではないか。それなのに、相手は現代の若い女性の生き方をひっぱり出してきたりして、何とか本の「売れている理由」を探ろうとしているのである。

売れるということは、今までにはない魅力がその本にはあったということである。出版に関係のない、何の先入観もない人々には、すんなり受け入れられるものが、なまじ出版にからんだ仕事をしていると、妙な固定観念ができてしまい、今まで出合ったこともないものに対して、拒否反応を起こす。

そこで雑誌や週刊誌上で取り上げて、売れている理由をはっきりさせないと、気が収まらない。単に彼らが、自分たちが納得するきっかけをつかみたいがためにやっているような気がする。もういい加減に、売れている本を分析するのはやめてほしい。売れる本はほうっておいても売れるんだから、そのままにしておけばよい。理由は胸のなかでそれぞれが考えればいいことだ。

売れている本を取り上げるのは、いちばんお手軽な方法である。それよりも、もうちょっといろいろな本に目配りをして、「同時期に発売されながら売れない、好ましい本について」とか『ちびくろサンボ』のように、突然、絶版になってしまった本について、貴重なページを割いていただきたいものだ。（で）

少し気になる「着物悪玉論」

『女を装う』（勁草書房）という本がある。男文化のなかで女がどのように装い、装わざるをえなかったかを、女性五人が、自らの体験などをふまえた原稿を寄せていて、とても面白い。

女は「女らしい」格好をすべきだという、既成の観念に疑問をなげかけたこの本は、新しい方向から女性の服装を考えた点で、画期的なものだと思う。

このなかで、ある女性は女性用の大きなサイズの靴がなかったことについて、男文化は男を「大きく」、女を「小さく」見せたがるという結論に達した。体を締めつける下着なども、男文化のからくりだと述べている。ハイヒール、締めつける下着、どちらも嫌いで、ズボン、スニーカーの愛用者の私は、よくぞいってくれたと拍手を送った。しかしその一方で、ちょっと極論ではないかと、首をかしげたくなるものもある。問題なのは、キモノについての部分である。

そこには「キモノは女の身体を拘束しつつ、それでいて立ち入りは自由」「忍従の美徳と男に従う婦徳という女のモラルを身体全体で表現するという仕掛けにもなっている」と書いてある。私は自分で着物を着てみて、ここに書いてあるほど、男性の立ち入りが自由な衣類と感じなかった。この原稿を書いた女性は、着てはみたが着るものではないという。単にこれはキモノが嫌いな人の着物悪玉論のように思えたのだ。

別の章では「女の地位の下落とともに完成したキモノ」という記述もある。過去には社会的状況もあり、嫌々キモノを着ていた女性もいただろう。しかしそれを現在にあてはめて、着物＝男に従う衣類とするのは、いかがなものだろう。精神的に拘束されるかされないかは、着る側の考え方ひとつではないか。キモノが女性特有の衣類のように書かれているのも疑問である。かつては女性がズボンをはくなんて、考えられなかったのだろうが、その代償としてキモノを失いたくないのである。

（菜）

電話帳はもういらない

電話帳は必要、不必要にかかわらず、一方的にNTTから配られる。ところがこの電話帳、まったくといっていいくらい、使うことがない。分厚い職業別のものと、分冊の一般のものとが場所をふさいでいる。

私がほとんど使わないこともあるが、家庭への一方的な宅配制度は、いいかげんにやめたほうがいいのではないだろうか。

地域によって違いがあるかもしれないが、いま住んでいる東京都下の場合、配られるのは自分の住んでいる地域のものだけである。しかし知りたい電話番号は都内のものが大半をしめる。近所の電話番号は、地域の商店街などが共同で発行しているイエローページのほうが、ずっと充実しているのだ。

ところが、配られるのはあまり役に立たないほうの電話帳。都内のものを配ってくれたほうが、よっぽどこちらにとっては役に立つわけである。

まだNTTが電電公社であったとき、杉並区に電話をする用事があったので、電話帳で調べようと地域の営業所にいったらば、「置いてありません」とすげなくいわれてびっくりした記憶がある。なるべく一〇四番に電話せず、その前に電話帳で調べるようにといっていたから足を運んだのに、この始末であった。NTTになってやっと、その営業所は二十三区の電話帳を常備するようになったが、どうもやっていることがちぐはぐなのだ。

離れたところに用事があるから電話するのであって、自分の家の近所の電話番号ばかり知っていたって、意味がないのである。

配られたタウンページの奥付けを見たら、定価二〇〇〇円と書いてあった。必要であれば都内の電話帳を相当の値段で購入すればいいのだろうが、それよりも利用者が最も欲しい電話帳を、選択できるシステムにしたほうが、合理的ではないか。

それが難しいのなら、地域の電話帳は欲しい人にしか配らないことにする。それがいちばん、すべてにおいて無駄がないような気がするのだが。（で）

NHKのCM番組に失望

十一月二十三日、NHKで放映された「宮沢りえをめぐる五人の人々」を見た。楽しみにしていたのに、これが何とも中途半端な番組で失望した。

CM制作に携わったクリエーターたちは、今までにも数多くのヒット作を生み出した人々ばかりである。業界では名前が知られているが、本人が画面に登場することはあまりない。CMは流れるのは秒単位だが、その陰にはたいへんな時間がかかっている。ひとりひとりの仕事ぶりが、もっと突っ込んで描かれているのではないかと期待したが、彼ら五人の仕事をひっくるめて、たった五十分のドキュメンタリーに仕上げるのは無理だったようだ。

このCMでは宮沢りえが、自分の顔を合成した、ぬいぐるみのクマを持って、腹話術をする。ぬいぐるみのクマの顔の部分に、クマのメークをした彼女の顔を合成するには、映像を三十分の一秒ずつ加工し、つなげていかなければならない。「出来上がるまで百時間かかる手作業」とナレーションで言っていた。衣装デザイナーが、クマや衣装をどのように決定し、どのような過程でつくったかなどということも含めて、その手作業の部分が描き足りないのだ。

CMもNHKが民放に追従したみたいな作品で、別にどうということはなかった。どうせならNHKが彼女を食ってしまうくらいのインパクトのあるものをつくってほしかった。

企画段階でボツになった、島会長が池の精になり、池にテレビを落とした宮沢りえに、

「きみが池に落としたのは、どんなテレビかね」

とやりとりするもののほうが、もっと面白そうだった。会長のキャラクターと相まって、いかにもNHKのCMらしい気がしたのだが、それならば五人の仕事が描き足りなくても、少し我慢できた。NHKだからこそ、もっと自由に番組が制作できたはずなのに、思惑どおりにはいかなかったようである。

（菜）

映像世代と書評

新聞に本の書評が掲載されても、本の売り上げにはあまり関係がなくなったという話を、編集者から聞いた。以前は、新聞に取り上げられると動きがあったが、最近はほとんど影響がないらしい。かつての新聞の書評は、いったい、こんな本を誰が読むのかといいたくなるようなものばかりが並んでいた。「義理」「しがらみ」が読み取れるような、苦心の結果の書評もままあった。しかし近頃は、興味を持てる本が多く取り上げられるようになり、間口が広く、面白くなってきたように思う。

けれど、二十代のあまり本を読まない友人に、テレビで紹介していた本を、買うことがあるかと尋ねたら、「紹介している人が、自分が興味を持っている人だったら買う」という。それなら新聞はどうかといったら、「新聞の書評なんて、自分には全然関係ないものだ」と決めつけていた。

彼らにとって気になる芸能人のひとことは、何にもまさる。ファンはもちろんのこと、ふだん感性が合う芸能人が勧めるものなら、読んでみようかということらしい。あるミュージシャンが、「アルジャーノンに花束を」というCDを出したら、本が動き出したのは、同じ現象といえるのだろう。

今は、書評のプロが何十行書くよりも、たとえばキョンキョンがひとことといったほうが、本の部数が伸びる。彼女が読んだものと同じものを読みたい、という連帯感のあらわれだろうし、彼女を「正直で感性が鋭い人」と認めているのではないだろうか。そうなると若い読者にしたら、書評をしている人は、身近に感じられない、同一線上にいない人ということになる。もちろん彼らに迎合する必要はないし、本を売るために新聞書評があるわけではない。しかし文字より映像から入ることが多い若者たちにも問題はあるものの、あながち彼らばかりを、批判できないような気がするのである。

（で）

朗読ボランティアの不思議

昨年、新聞紙上である作家が、視覚障害者に対しての、作品朗読のボランティアの応対について書いていた。自作の朗読を許可したものの、朗読されたテープが送られてきたことがないというのである。当方にもたまに朗読の許可が送られてくることがある。朗読を許可するか否かのはがきが同封されていて、こちらが返事を出せばいいようになっているのだが、彼の書いていたとおり、許可しても今まで一度も朗読テープが送られてきたことがないのである。

これはたまたまボランティアの人が忙しくて、送り忘れたのだろうと思っていた。ところがあまりに度重なるので、これはおかしいと感じていた矢先、彼の一文を目にして、朗読の担当係が単純に忘れていたのではないことが、判明したのだった。

うちに送られてきた、ある図書館からの朗読許可願を見たら、朗読したテープに関して、原作者に送ると明記されていない。ただ、「このテープは視覚障害者のみに利用していただくものです」とだけ書いてある。

となると原作者が視覚障害者でない限り、自分の作品が録音されたテープは聞けないということになる。これはどうも腑に落ちない。相手が原作者であろうと、かたくなに視覚障害者にこだわるのであったら、筋違いだといわざるをえないのである。

ボランティアの朗読に、上手、下手のケチをつけるわけではない。自分の作品が視覚障害者の人々に、どのように伝えられていくのかを、知りたいだけなのだ。障害者の人たちが自分の書いた本を聞きたいと、朗読願を出してくれる。とてもうれしいことである。その結果、出来上がったものに興味を持つのは、あたり前だ。朗読テープが送れないはっきりした理由があるのであれば、きちんと説明してほしい。朗読をするというのは大変な労力ではあるが、これではボランティアが、作者と障害者の繫がりをぷっつりと切っているのと同じではないだろうか。

（菜）

噂に翻弄されるおぞましい人々

昨年あたりから、埼玉県で外国人労働者が、女性を暴行したという噂が流れていたらしい。それに関する記事を読んだこともあったが、騒いでいるのは一部の噂好きの人々だけだろうと思っていた。ところがその噂を追ったテレビ番組を見て、腹立たしさを覚えた。人面犬を見たなどという噂はまだ笑っていられるが、これに関しては怒りとともに、背筋が寒くなってきたのだ。

噂が広まった地元では、痴漢撃退用のブザーが売れ、はっきりした事件にもなっていないのに、注意をうながすような書類も配布されたという。

その後、役所が噂は根も葉もない旨を書いた書類を配ったそうだが、人々はそれでもまだ、外国人労働者に対して、好感を持っていないようだった。

画面に登場していた主婦たちは、「こんなことといっちゃ、いけないいんだけど」と前置きして人種問題を話していたが、いったい自分たちを何様だと思っているのだろうか。

結局、噂は「自分たちよりも肌の色が黒い人に対する嫌悪感」から始まっている。外国人労働者は、日本にやってきて仕事を得るのと同時に、日本人の友だちも作りたいと思っていたそうだ。ところがこんな噂が流れてからは、日本人の自分を見る目が嫌で、自国の人々だけで集まるようになったという。

「日本人は精神的におかしい」と言った東南アジアの人がいた。同感である。噂が流れて彼らを避けた人々には、自分なりの考えがまるでない。確信のない噂を鵜のみにし、それに翻弄されたのは、子供と主婦に多かったという。そのような主婦に育てられた子供が、どのような価値観を持って成長していくか、他人事ながら心配になってくる。

外国人に対する考え方も問題だが、世界情勢が混迷している現在、もしもまた妙な噂が流れたとき、いったい彼らはどうするのだろう。わけがわからず興奮するだけの、判断のできない人々。おぞましいことである。　（で）

原作者への朗読テープ貸し出し

視覚障害者向けの朗読テープの原作者への送付を希望した、私の原稿に対する、図書館の方からの投稿を拝読した。図書館側が朗読希望があったものすべてに関して、原本の定価の四、五倍の経費をかけるのは、難しいことであるという旨の説明はよくわかった。そこまで負担して送れというのは原作者としても、心苦しいものがある。投稿者が提案なさっていた、原作者への録音テープの貸し出し方式は、お互いにとてもよい方法であると思う。勤務されている図書館では、従来からそのようにおやりになっていたということであるが、それが図書館全体のシステムとして、組み込まれることは無理なのだろうか。こちらとしては、録音テープの送付が無理ならば、そのような方法でもいい。しかしどこの図書館から録音許可願がくるかわからず、ある図書館では貸し出し方式をとっているのに、別の図書館では何もやっていないということになると困るのである。貸し出し方式は、図書館側からみてもよい方法であると思われるのに、どうしてそれが、今まで多くの図書館で行われなかったのか、不思議でならない。

これまで朗読ボランティアの方や、図書館の方の投稿を読ませていただいて、いちばん気になったのは、ボランティアの方からの、「朗読テープを原作者が聞いて、次回から録音許可がもらえないと困るので送らない」という趣向の意見だった。これは図書館、ボランティア、どちらの考えなのだろうか。録音テープを作る人々にこのような意見がある限り、原作者が録音テープを聞くシステムを作るのは、難しいのではないか。悪いけれどそういう方たちは、自信のないものを作った負い目があり、こそこそと逃げているような感じを受ける。もっと堂々と、原作者に対して接して欲しい。今まで自分の本の朗読テープが聞けなかった原作者は多くいる。ぜひぜひご検討いただきたい。（菜）

アンソロジー編集者のずさん

近頃はアンソロジーばやりのようである。筑摩書房の『文学の森』が売れたので、他の出版社も追従しているらしいが、どうも安直に作られているような気がしてならない。選者といっても名ばかりで、他人が選んだものに名前を貸しているだけに過ぎないものも多いのではないだろうか。

選者というからには、文章を選ぶところから仕事は始まるはずである。もちろん膨大な数の中から選ぶのは無理なことではあるし、下選びは編集者が（もしかしたらアルバイトがしているかもしれないが）するにしても、選者独自の視点がないと、ただの寄せ集めでつまらない。その点においても、選者のやる気が感じられる、『文学の森』に匹敵するアンソロジーが、その後、出ていないのもうなずけることである。

同じく、編集者のほうにもアンソロジーは楽に出版できるという、気の緩みがあるのではないだろうか。作品の選択と掲載交渉が手間で、あとはレイアウトに従って、順番に並べればおしまいと思っているのではないか。というのも、たまたま書店で福武文庫の『全日本貧乏物語』の初版を手にとって、頁《ページ》をめくっていたら、とんでもない間違いがあったからである。そこには村松友視氏の紹介として、「プロレス評論『私、プロレスの味方です』（八二年）で直木賞受賞」と記してある。

いったいどこをどうやれば、このようなことが書けるだろう。調べればすぐわかることに手を抜くのは、誤植よりももっと恥ずかしい。これを書いた編集者は、直木賞がどういうジャンルの作品に与えられるものであるかすら、知らないのではないかと、程度を疑いたくなった。

この文庫が出版されるまで、何度も編集者の目を経たはずなのに、こんなことが堂々と活字になるなど信じ難いことだ。アンソロジーなど簡単にできると、たかをくくっている、編集者の杜撰《ずさん》さをあらわしたようなものではないか。（で）

教育テレビの妙なスタジオセット

ＮＨＫ教育テレビに「スタンダード日本語講座」という番組がある。せんだって、どんな内容のものを放送しているのだろうと、チャンネルをあわせてみたが、番組のセットが画面に映ったとたん、その時代錯誤に驚かされた。庭にはししおどし、和室には小さな屏風。その隣のコーナーには、衣桁《いこう》に着物が掛けてあり、時代劇で見かける、武家屋敷の塀のようなものまで作られている。あまりセンスがよくない欧米人の日本趣味の家のようだ。そしてそのセットの前の一段下がったところに、応接セットが置かれ、講師、アシスタントが座っているのだ。

この番組は在日外国人のために、日本語の日常語を教える講座であるらしい。日本人の日常を演じた教材ＶＴＲをもとに、講師、アシスタントがスタジオでレッスンを行う。同じことばが、他のシチュエーションでどのように使えるかも教えている。その日に放送されていたのは、人の家を訪問したときの挨拶の仕方だったが、ドアが和室の奥にあるために、レッスンをする段になると、講師の女性が和室の横の廊下を、ハイヒールで行ったり来たりする。

まるで日本家屋の室内を土足で歩いてしまう、こちらの生活事情を知らない、欧米人のふるまいを見ているようだった。なぜNHKはこんな妙なセットにしてしまったのだろうか。

　番組の内容に関しては、私たちの日常生活とそれほど違和感はなかった。だからこそ、今の日本人の日常とは違う、異様なセットが浮いていた。ししおどし、屏風、着物などを置いておけば、外国人が喜ぶだろうという目論見がみえみえである。別に和風のものが悪いのではなく、外国人の受けを狙った、媚びたこちら側の意識が何とも情けない。外国の映画、テレビなどで妙な日本の姿が描かれているのを見たりすると、苦笑することがあるが、その種を播いているのは、実は、日本人なのではないかと、この番組を見ていて、ふとそう思ってしまった。

（菜）

本屋さん一日体験記 他

本屋さん一日体験記

一日書店員をやってみませんか、といわれて、本がたくさんあるところにいると気分がやたらに盛り上がってしまう私は、

「ハイ、もう何でもやります。ぜひやらせて下さい」

と喜び勇んで引きうけてしまった。書店員というのは当然の如く毎日毎日本に囲まれ、雰囲気も明るく、お客さんもそんなにひどい人は来ないだろうから〝きれいで楽しいお仕事〟というイメージがあったのだ。

私がお邪魔するのは銀座にある「旭屋書店」である。場所柄、客層はサラリーマンが多く、昼休みなど立錐の余地もないほど混雑する大型書店である。

「旭屋書店銀座店」は、午前九時半からの朝礼とラジオ体操で始まる。ラジオ体操第一のカセットテープにあわせて手足をブラブラさせながら、私はこの仕事を喜んで引きうけたことを少し後悔しはじめた。もうすでに体のあちこちでバキッとかコキッという見事な運動不足の音がしていたし、制服を借りていちおう格好だけは書店員になっているのだけれど、実は

何もできない、何も知らないニセ者で、こういう私がお店でウロウロするというのもひどく心苦しく、精神的肉体的不安はつのるばかりであった。

こうなりゃ何でもやってやるわい！

まず最初に松田静子主任が、どこにどういうジャンルの本があるかを店内を歩きながら説明してくださった。百坪の広さに十万冊の本があるので、その数たるやすさまじい。どの棚にどんなジャンルが配置されているかわかるのに一日、どの本がどこにあるかがわかるようになるのに半年、そして一年たてば店内の本の状況が把握できるというお話だった。

「とにかくきょう一日、一日だけがんばればよいのだ」

私はそれだけを心のささえにして十時の開店を待った。

開店と同時に七、八人のお客さんが入ってきた。ドキドキした。そばに〝本物〟の店員さんがいてくれると気が楽になり、何をきかれても大丈夫！　と強気になるのだが、ハッとしてあたりを見回すと、私一人置き去りになっていることがある。そうなると急に態度が卑屈になり、コソコソとあまり人のこない隅っこの棚のところへいって、本を直すフリをしてなるべくお客さんと目をあわさないようにしていた。誰もこっちへは来ませんようにと、しばらくそこで棚の本をいじくりまわしていたが、私がここにきた理由とは何ぞやと思うとこれは仕事なのである。こんなことではダメじゃないか、客が何だ！　無知が何だ！　こうなりゃ何でもやってやるわい！　と度胸をきめてふり返ったとたん、

「あのー、ラテンアメリカ文学の本はどこにありますか」

と大学生風の男の子にきかれてしまった。のっけから大胆な質問であった。さっきちゃんと店内の棚の説明をしてもらったのに、もう頭の中は真白。何が何だかわからない。

「ラテンアメリカ文学ですか……」

そういってとにかく時間をかせいだ。そうしつつも目では〝本物〟の姿を捜すことを忘れなかった。

「そうです」

「あのー、作家とかは……」

必死の引きのばし作戦だ。

「僕もよくわからないんで、場所を教えてもらえば捜しますから」

「はあ……」

私は真白な頭のまま、彼に少しお待ち下さいといって本物を捜しにいった。すると運良く、松田主任が注文書を手にこっちにむかって歩いてくるではないか。私は彼女にとりすがり、棚の場所を教えてもらってこの件は落着した。

私はもう一回、店内を歩いてみた。もちろんなるべく目立たないようにである。棚を眺めながら歩いていると、これだけ本があるのに自分が家に持っている本のタイトルはパッと目に入ってくる。これは不思議だった。こういう本をたずねてくれると堂々と胸をはって答えられるのだが、そうはうまくいかない。店の中を歩きまわっていると、文庫本の棚のところで、坊主頭、黒ブチメガネ、黒コート、四十代半ばくらいの小柄なおじさんが、開いた文庫本の中に半分顔をつっこむような感じで立ち読みしているのを発見した。棚によっかかっている姿勢をみると、どうやら長期戦にもちこもうとしているようだった。一体何を読んでいるのかと本を直すふりをして横目でみると、富士見ロマン文庫の『犯されて』であった。

私のイメージでは、書店員の仕事は売場の本を整理し、店内で接客するということしかなかった。これを目にみえる〝表〟の仕事だとすると、書店員にはもう一つ〝裏方〟の仕事もあって、これがまた大変なのである。

朝九時すぎ、取次から新刊の書籍がどっと運ばれてくる。この日十部以上搬入された本は、西村寿行『鬼』（光文社）、北方謙三『夜より遠い闇』（徳間書店）等々、何と三十三点もあった。これらの仕分けに続いて、平台商品の追加、棚の本の整理、補充、新聞の書籍広告の切り抜き（店頭でお客さんが本を選ぶときの参考用）をする。さらに前日の新刊文芸書の出版社別の売上げ表をつける。書籍を取次に返品するための荷作り。それに十時半ごろには前日注文した本が入荷してくるので、それも仕分けしなければならない。表に出たり裏にひっこんだり、肉体労働と事務がいりまじった複雑な業務なのだ。

そのうえ、書店員というのは必要以上に神経を使う仕事でもある。たとえば万引。話によると、ここ「旭屋書店」では、一日平均して棚横一列分（単行本五十冊分）が万引されるとのことだ。今まで万引されたうちで一番高価だったものは牧野植物図鑑。電話帳くらいの大きさで厚さ八センチもあろうかという大型本だが、どうやらそれをプロに三回も万引されたという。これでは気分がおさまらないと、書店側も対策を練り、版元からケースだけをとりよせ、中に本と同じだけの重さのツメ物をして知らんぷりして棚に置いておいたら、それまで万引して持っていったという。万引犯VS・書店員の熾烈な戦いもあるのだ。

レジの中はまさに修羅場だった

それに店に入った人が必ず本を買っていくとは限らない。買わない人の数はけっこう多いのである。店に入って平台の新刊書を次から次へと手にとり、パラパラやっている。買うのかなあと思うとポイッと放りなげて出ていってしまう。

「買わないならいじくりまわすな」

そういいたくなってしまう。

時刻は午後一時すぎ。お客さんも増えてきた。何となく身の置きどころがないままボーッと立っていると、

「すみません、NHK中国語講座のテキストはありませんか」

とたずねられた。私は内心ムフフとほくそえんだ。NHKテキスト類はどういうわけかしっかと頭の中に位置がきざみこまれており、

「どうぞ、こちらにあります」

と胸を張って答えられちゃったのだ。

「ワハハ、きょうはガンバルぞ」

急に気は大きくなり、ホホをゆるませて歩いていたら、まだ例の立ち読み男がいるのに気づいた。開店してから三時間、全く姿勢をくずさず、立っている位置もそのまんま。手にしている文庫本が『犯されて』から新潮文庫の『ハムレット』に変ってはいたが。私はおどろいて、

「三時間もずーっと立ち読みしてる人がいるんですけど」

と主任にいうと、

「ああ、そういう人いますよ」

全然珍しくも何ともない、という感じなのだ。

「ふーん」

変った人だなあとそのおじさんのほうをみていると、

「あのー、レジが混んできたので、ちょっときて下さい」

と私を呼ぶ声がする。レジの前にはお客さんが群がっていてすさまじい騒ぎになっていた。次々に差出される本を受け取り、値段とジャンルをレジ係にいって打ちこんでもらい、スリップをぬいてカバーをかける。このカバーをかけるというのが簡単なようでなかなかむずかしい。お客さんが待っていると思うとあがってしまい、緊張すればするほど手が震え、頭に血がのぼり、手許が狂って本をすっとばしてしまったのだった。おまけに、

「ありがとうございますだ」

とクンタキンテみたいな言葉を発したりして、赤面してしまった。それにこんなに忙しいときに人の迷惑もかえりみず、レジのところに積んである「ぴあ」に手をのばして、

「何の映画やってるのかな」

などとささやきあいながら立ち読みしているせこいカップルまでいたりして、気疲れすることばかり。レジにお客さんが集まっているときは、まさに修羅場だとわかったのである。

書店員の動きは上下運動なのである

やがて潮がひいたようにお客さんがいなくなり、少しホッとしていると一人の店員さんが、

「ああ、もう二時、早いわね」

と明るい声でいった。私は、

「えーっ、まだ二時？」

と力がぬけた。体が疲れたとかそういうことではなくて、いやがおうにも棚の本に目がいき、ああ、あの本、家にもあるな、などと考えていると無性に家に帰って本を読みたくなってしまうのだった。レジから、恐怖の立ち読み男はまだいるのかなと文庫のコーナーをみてみると、さすがの彼も帰ったようだった。

二時から一時間は休憩。椅子に坐ったらドッと疲れが出てきた。実はこの休憩後が、まさに本日のメインエベントだったのである。

まずお客さんの数がとても多い。もちろん本を買って下さる人も多くなるから棚がスカスカになる。その本がストック置場になければ、奥の仕入れまでいって本を抱えてきて補充しなければならないのである。仕入れには版元別に本が積まれている。そこから適当な部数をとり出して店に出すのだが、腕力に自信のある私もプロにはかなわなかった。梱包していない単行本を、ひょいと六十冊くらい平気で抱えて持っていくのである。

「慣れですよ、慣れ」

そう松田主任はいっていたが、女の細腕にあれだけの力があるなんて信じられなかった。私はたかだか二十冊くらいの本をかかえてヨタヨタと棚の前にいき、おまけに「よっこらしょ」などといってしまうのであった。持ってきた本のうちの一冊を棚にさし、残りを棚の一番下に作ってあるストック置場においておく。それを何度も何度もくり返す。最初は文芸書、次は新書、次は文庫といった具合で、その間に平台に積んである新刊もなくなるから、高さを揃えるために補充しなければいけないという目の回るような忙しさである。一日の書店体験で、これが一番体にこたえた。たとえば店の中を行ったりきたりする平行運動は、荷物をもっていてもそんなに苦痛ではない。しかし、棚に本を補充する動作は平行運動というよりも、むしろ上下運動なのである。棚に本をさしこみ、今度はヒザより低い位置までかがみこんで本を置く。つまり二メートルくらいの高さの間を、屈伸運動しているのと同じことになるわけだ。

恐怖の立ち読み男ふたたび登場

本を補充していくにつれ、私のヒザはだんだんガクガクし、腰もカックリカックリしてきた。お店も混んでいるし、ただボーッとしているとまた次から次へといろいろな仕事がまわってくるであろう、どうしたらいいかとしばし考えた。ふとみると一番奥の翻訳ミステリーのコーナーにはお客さんがいない。私はこれ幸いとそこにいき、ミステリーのストックを捜していているフリをして、お客さんに背をむけてそこにじーっとしゃがみこんでいた。ヒザから下がジワーッと暖かくなっていた。もうこのまま立ちたくない……。

するとまた、

「ちょっと、すみません」

頭上で声がする。ハッとして立ち上がると、中年の男性が棚を指さし、

「この本、昔、一冊で出てなかった？　岩波かどこかで」

とおっしゃる。指で示されたのは『大地の子エイラ』上中下、評論社刊である。

「はあ」

私は何と答えていいかわからずうろたえてしまった。

「いやあ、僕にはそういう記憶があるんだけどね。あなたは？」

「…………」

あなたはときかれても私はそういうことを知るわけないのである。しかし、この質問は私個人に発せられているのであって、得意技の「少々お待ち下さい」ではクリアできない問題なのだ。

「そ、そうでしたか」

「うん、きっとそうだったと思うよ」

困った。

「ね、そうだったよね、きみ」

私が黙っていると再び追いうちをかけるように彼はいった。

「そ……そうですか」

いつまでこの状態が続くのかしらと心配になった。

さすがの彼も私が役に立たないことに気がついたらしく、

「あっそ、知らないわけね」

そういってあきらめてくれた。私はホッとして、去っていく彼の背にむかって、

「申し訳ございません」

と頭を下げた。そして顔を上げると、何とそこにはあの恐怖の立ち読み男が、復活しているではないか。すでに午後六時。さっき姿を消していたのは昼御飯を食べにいっていたのに違いない。今度は『日本漫遊記』を手にして長期戦の構えである。

「何なのだろうあの人は」

横目でみていると、

「すみませーん」

と子供の声がする。小学校高学年の女の子たち三人が、おしゃれして真赤なホッペタを光らせて立っている。

「あのー、あのー、赤川次郎の新しい本ありますか。『失われた少女』っていうの」

三人は団子状態になってしっかり手を握りあっている。これは新刊の新書コーナーに表紙をみせて置いてある本なので、私にもわかっちゃうのである。

「はい、これですね」

そういって手渡しても彼女たちはうれしそうな顔をしない。

「えーっ」

といって急に三人クルッとうしろをむいた。ツツッとそばに寄ってきいてみると、

「この本大きいね。値段高いよ、どうしよう。これで小さいのないかきいてみようか」

とゴソゴソ相談している。

結論・書店にある本は生き物のようだ

「これはね、出たばっかりだから小さい本はないのよ」

そういうと彼女たちは、

「それじゃあ、いつ小さい本は出るんですか」

とさらに突っこんだ質問をしてきた。

「そうねえ。最低一年は小さい本は出ないと思いますよ」

するとと三人は再びうしろをむいて頭をつきあわせている。

「ねえ、一年なんて待てないわねえ。どうしようか、マリちゃん二百円ある？　じゃ、私もお金出すから一冊買ってみんなで読もうよ」

なかなか経済観念の発達した女の子たちであった。

「もうこっちは大丈夫でしょうから、明日注文する本の注文書を書いて下さい」

松田主任にいわれた。今日売れた分の本の注文を出すために、取次宛に注文書を書く仕事である。何部注文するかを考えるのも書店員の仕事のうちなのだ。私は平台の本の補充をするのでも、ただやみくもに出せばいいと思って手あたりしだいに持っていこうとすると、

「あ、それはもう動きがとまったから出さなくてもいいです」

と主任はきっぱりいう。反対に、私の目からみて全然売れていないような平台の本でも、これから売れる予測のもとにきちんとストックの確保をしていたりする。まさにこれは長年の経験とカンが勝負といった、私が書店員の仕事をはたでみていて一番あこがれる部分だった。

時刻は八時半。そろそろ閉店である。さすがの立ち読み男も姿を消し、私もようやく心の

ゆとりが出てきた。ま、閉店近くなってからでは遅いんだけど、昼食をとってからあとの時間は仕事においまくられて、ものすごく時のたつのが早かった。

閉店を知らせる音楽が流れていても、駈けこんでくるお客さんがけっこう多いのにはおどろいた。午後九時、正面のドアが閉められ、私のお仕事はやっと終った。いろいろ肉体的につらい部分もあったが、私はやっぱり本が好きだから、とても楽しかった。

書店にある本は生き物のようだ。それが一日書店員としての私の感想である。書店員が気くばりしていれば、どんどん本は動いていく。ふだん本を買う一人の客としてでは、全くわからない部分だった。

「何かまた明日もきて働いて下さるような気がしますね」

松田静子主任から、そんなもったいないねぎらいのお言葉までいただき、四方八方におわびをしつつ、私はヒザをガクガクさせて旭屋書店をあとにしたのであった。


「週刊文春」（文藝春秋）一九八五年一月十七日号

寝る前にこっそり泣いた

私が『火垂るの墓』を読んだのは中学生のときだった。戦争が悲惨なものだと漠然とはわかったのだが、毎日腹一杯食べていた私には、現実にどういうものかはっきりしなかった。今回、映画を見ることになって、私はとても困った。テーマが私の最も弱い兄妹物だからである。かわいいおかっぱ頭の女の子をおんぶした、利発そうなお兄ちゃんの絵を見ただけで、じわっと涙が出てきた。最近、涙腺が緩くなってしまって、いったん涙がでると際限がない。おまけに鼻水、よだれまで流れてきて収拾がつかなくなってしまうようになった。こういう姿を人に見られるのはとっても恥かしい。「試写会では絶対に泣かない!」。これが私の決心だった。

映画を見ている間は、子供時代の自分のこと、親のこと、弟のことなど極力思い出さないようにした。目の前に映し出される映像だけを見ることにした。サクマドロップの空缶に水をいれ、砂糖水にして女の子がおいしそうに飲むシーンがあった。私も子供のときにやってみたことがあったが、あんなにまずいものはなかった。私は一口飲んだとたん気持ち悪くなって、「ゲーッ」といいながら捨ててしまった。しかし女の子は「いろんな味がする」といってておいしそうに飲んだ。あんなにまずいものを飲んでいる。それだけで兄妹のおかれた状態がわかった。涙が出そうになったので、ハンカチの角を涙が出てくる目の穴に突っ込んで栓をした。おかげで涙は流れ出てこなかった。出かけるときの決心どおり、試写会では大泣きしなかった。でもそれから二人の姿が目に焼きついて離れない。夜、布団にはいるといつも、自分が子供のときのこと、弟のこと、そして大人たちのためにあまりに簡単に殺されてしまった、罪のない兄妹のことを思い出して、毎晩枕カバーで涙をぬぐっているのである。

「波」(新潮社)一九八八年五月号

怖いけれど、円盤とユーレイ見たい

私の高校時代からの友人で、霊を見る能力のある人がいる。かれこれ二十年近い付き合いになるが、彼女といると突然とんでもないことをいい出すため、いつも目に見えない何かに怯えるはめになるのだ。彼女はふつうの女性で、見るからにオカルトっぽいとか、目つきがあぶないとか、そういうことはない。いつもにこにこしている気のいい人で、どこにそういう能力が隠されているのか、想像もつかないのである。

高校生のとき、彼女も含めて四人で下田にいったことがある。海のそばの民宿に泊まり、晩御飯も食べ終わってわいわい騒いでいた。私は庭を背にして座り、彼女は私とテーブルを挟んで向かい合って座っていたのだが、ふと彼女のほうを見ると青い顔をしている。

(出た……)

私たちは彼女の様子でそれを悟り、自分たちは何か見たわけではないのに、彼女が青い顔をしているだけでも恐ろしくて、

「ひぇーっ」

といいながら部屋の隅っこにかたまって頭を抱えてふるえていた。なかには泣いている子もいた。私たちはうずくまったまま、

「まだ、いる？」

とおそるおそる彼女に聞いた。

「うん」

そういわれると、また、

「ひぇーっ」

といって、ふるえた。十分ほど、

「ひぇーっ」を繰り返したあと、

「あっ、いなくなった」

という彼女の声を聞いて、私たちはそろりそろりと這うようにして元の位置に戻った。お互いの顔を見たら髪の毛は逆立ち、目はうつろになっていた。

「いったい何を見てたの」

と尋ねたら、身長百四十センチくらいの水着姿の小学生の女の子二人が、こちらを向いてじっと立っていたというのである。その夜は恐ろしくて電気を消して寝られなかった。もし真っ暗ななかで寝ていて、真夜中に枕もとに立たれでもしたら、それこそ失神ものだからで

ある。私たちは電気をこうこうと照らした部屋のなかで、うつらうつらしながら横になっていた。そして朝日が上るのと共に起きて急いで朝御飯を食べ、二泊三日の予定を一泊二日で切り上げて、そそくさと下田をあとにした。そして家に帰ってから朝刊を見たら、下田で臨海学校にきていた小学生二人が行方不明になっているという記事が載っていて、ますます背筋が寒くなったのだ。

彼女の家に遊びにいくと、トイレから戻ってきた彼女が、

「今、トイレの窓のところの柿の木の下に、赤ん坊を抱いた女の幽霊が立ってるよ」

などといったこともあった。もしかしたら私にも幽霊が見られるかもしれない、と行ってみても何も見えない。ただ柿の木が立っているだけだった。

「あんなにいろんなものが見えて困ることはないんだろうか」

と思っていたが、彼女は私たちが社会人になってひとり暮らしをはじめるときに威力を発揮してくれた。アパートを捜していると相場にくらべて家賃が安い物件があったりする。そういうときに彼女に御同行願うのだ。彼女は部屋に入るやいなや、うさん臭いかそうでないかを見抜き、「ここは平気」とか「やめたほうがいい」などとアドヴァイスしてくれる。怪しげな部屋は足を踏み入れたとたんに、ものすごく気持ちが悪くなるということだったが、私たちには何もわからない。何も置いていない部屋のなかをただ見渡して、

「ふーん」

というだけである。なかには新築だというのに、おじいさんの霊がいたマンションもあったりして、彼女は、

「図々しい奴だ」

などと怒ったりしたこともあった。

それほどの彼女でも、さすがに三十路を過ぎるとそういう能力にもかげりがでてきたという。しかし私からみれば信じられないことばかりである。

あるとき彼女の家でテレビを見ていた。

「テレビにはよく写ったりするんだよね」

とぼそっといった。たとえば夏場に必ず放映される「恐怖体験特集」などで、幽霊が出る旅館などが写し出されると、そこには霊も必ず写っているのだ。私はいつものように、

「ふーん」

というしかない。そのときテレビでは池袋で起こった、母親が子供たちを置き去りにした事件を放送していた。散らかった部屋のなかが次々に写ると、彼女は不思議そうな顔をして、

「ねぇ、右の隅に何か見えない？」

といった。近寄ってみても変なものは写っていない。

「えーっ、何もないよ」

といいながら彼女のほうをふりかえると、みるみるうちに顔が青ざめ、

「座布団の上に土色した女の子の生首が転がってる……」

というではないか。私は高校生のときと同じように、

「ひえーっ」

といいながら両手で顔を覆った。怖いもの見たさで、そーっと指の隙間から画面を見ても、私には相変わらず何も見えなかった。気味が悪いなあと思っていたがそのあと、ニュースであの部屋の女の子が亡くなっていたことを知り、またまた、

「ひえーっ」

となったのである。

体のどこがどうなればああいうものが見えるのか本当に不思議だ。彼女は、

「私は髪が短いとダメなのよ。肩より長くなるといろいろなものが見られるんだけど」

といった。彼女は霊だけでなく、円盤もよく見るそうである。生まれてこのかた、霊も円盤も見たことがない私は、ちょっと怖いけれど一度くらいそういうものを見てみたいと思っている。しかしみんなに、

「その歳で相撲の新弟子検査をうけるのか」

などとからかわれるのが関の山で、未だ特殊能力が備わった気配はないのである。

「調査情報」（ＴＢＳ）一九八九年一月号

見つけよう！　仕事のやりがい

今から十三年前、私は大学四年生だったが真剣に就職問題について考えていなかった。通っていたのは芸術学部で、他の学部ほど企業に就職しようと必死になる学生はそれほど多くなかったような気がする。どちらかというと企業に入ることを小馬鹿にしている風潮すらあった。でも会社訪問が解禁になると、ボサボサだった髪を切り、スーツに身を包んだ人々が出現した。今まで薄汚いトレーナー、ジーンズを着て、裸足に下駄ばきだった同じゼミの男の子たちが、体になじまないスーツを着ているのを見ると、別の人になってしまったみたいでなんだかとても悲しい気分になったものだ。

彼らの話はいつもため息で始まった。第一志望には鼻もひっかけてもらえず、第二志望はそこそこまでいったが落とされ、第三志望は最終面接で落とされた。面接の試験官のなかにはものすごく横柄で意地悪な人がいて、精神的にも相当めげる。先輩のコネで紹介された超零細企業からは、

「今すぐにでも来てほしい」

と、熱心なラブコールがあったが、入社する前からはっきりわかっている、低賃金、重労働を考えると、ホイホイとそこにはいけないということであった。私はそのような就職悲話をまるで他人事のように聞いていた。

「大変だけど、がんばってね」

などと彼らには何の役にも立たないことをいったりした。企業に就職なんて自分には全く関係ないことと思っていたのである。

私の理想は、時間がはっきりしているアルバイトで食い繋ぎ、空いた時間はすべて本を読むのに費やすという生活であった。アルバイト先は巷に腐るほどあるから、卒業してから見つければいいやとタカを括っていたのだ。ところが私の理想は母親によって打ち砕かれた。

就職試験の時期が過ぎてもごろごろしている私にむかって、

「おまえはいったい、毎日だらだらと何をしているのか」

と怒った。私は自分が描いていた生活方針を説明し、

「アルバイトで十分やっていけるんだから、ほっといてくれ」

といいかえした。すると彼女は、

「あっそ。卒業したら収入の半分はもらうから、それさえちゃんとしてくれれば就職でもアルバイトでも、あたしはどっちでもいいけどね」

などというではないか。こんなことは寝耳に水だった。一方的に悪代官から法外な年貢米を押しつけられた農民みたいに、私はあっけにとられた。

「そんな御無体な……」

「社会人になるんだからあたりまえだ」

といって、彼女はガンとして譲らないのだ。頭のなかで計算機がカチャカチャと鳴った。今までの計算でいくと、一日七時間、週五日働いて、一カ月で五万円程度の収入があれば、本を買って十分楽しい生活ができるはずだった。ところがそのうち二万五千円をとられるとなると相当にきつい。

「地方から来ている人は、もっと大変なんだから。部屋代や食事代や光熱費なんかを全部自分で払うんだよ。半分のなかに部屋代も食事代もみんな入っているんだから、ありがたいと思え」

母親はいいたいことをいって去っていった。冷静になって考えてみると、それはもっともなことであった。地方から東京に来ている人は自分の力で何もかもやらなければいけない。しかし、実家から大学に通い、家に帰ると食事が出てくるのに慣れていた私は、卒業しても今までと同じように、安楽にのほほんと暮らせると思い込んでいたのだ。

それからおそまきながら、自分が食っていくための就職口を新聞の求人欄で探し始めた。

就職したいのは「広告代理店」しかなかった。それも青山か代官山の。お洒落な職場で、「仕事が生きがいよ」

なんていったらかっこいいなあと思ったのだ。興味がない職種には絶対に就職したくなかった。ところが運よく広告代理店に入ることができて喜んだのも束の間、それは社会人としての苦難の第一歩だったのである。

ここでまた私のあこがれや夢は次々に打ち砕かれていった。お洒落でかっこいいはずの広告の仕事も、そのほとんどはコメツキバッタみたいにクライアントに頭をぺこぺこ下げるだけ。部下の出した企画をさも自分が考えたかのように横取りして社長に提案してしまう次長。先輩や同僚が自意識の強い人ばかりだから、社内の揉め事は日常茶飯事であった。朝九時から夜中の十二時まで目がまわるほど働かされるので、プライベートな時間はほとんどなかった。お弁当を持っていっても食べる時間がとれず、得意先に行くタクシーの中で食べたことも一度や二度ではない。家と会社を往復するだけの毎日で、あまりに疲れていて本の一冊も読めなかった。

「こんなはずではなかった」

一時間に一回は必ず後悔していた。結局どうしても自分の楽しみを削ってまで会社に奉公することができず、五カ月後、私は退職願を出したのである。

一度会社をやめてしまうと、やめることが怖くなってしまうといわれる。私もその例にもれず二十二歳から二十五歳の間に五回会社を変わったが、どこも本や雑誌に関係するところばかりだった。九時から五時までという勤務時間ではなかったが、本を読んだり友だちと遊ぶ時間くらいはつくることができた。最初に就職して理想と現実のギャップに驚いたものの、やはりマスコミ関係で仕事をしたい気持ちには変わりはなかった。放送、広告、出版といろいろな職種があるが、年をとっても自分が興味を持ってできる仕事は、やはり本や雑誌に関することだったし、仕事の内容がつらくても好きなことなら我慢ができるのではないかと考えたからである。将来を考えたとき、

「三十歳まではあれこれいろいろなことをやってみるけれど、それを過ぎたら腰を落ち着けよう」

と決めていた。二十代はその準備期間で、自分の肌に合う仕事は何かを見極めるつもりだった。三十歳という区切りかたに特別な意味はないのだが、何となく三十歳が本当の社会人としての出発点にふさわしいのではないかという気がしたのである。早く仕事を覚えるためには大きな会社に入ってはダメだ。流れ作業のひとつだけを延々とやっているのでは、全体が把握できない。自分でなんでもかんでもやらなければならない会社。そういうところにいれば短時間で技術が身につけられるだろうとふんで、私はなるべく小さい会社を選んで試験

を受けた。

それらの会社では印刷のこと、写真のこと、編集のこと、その他もろもろのことを給料をもらいながら覚えさせてもらった。どこも仕事の内容は申し分なかったが、今度は人間関係がうまくいかない。仕事にどんなに興味が持てても、スケベな上司の下では働く気がなかった。仕事を教わるかわりにお尻を触られるなんてまっぴらだったからだ。このとき私は二十五歳だった。それまでひとっところに半年以上いたことはなかった。我ながら辛抱の足りない奴だとあきれかえっていたが、どうしてもスケベな上司の下で我慢して働くのは嫌だった。こういうとき小さな会社は困る。家に帰ってからもあれこれ悩んでいると、背後ではうちの悪代官が、

「いつまでもあると思うな親と金」

「親の心、子知らず」

と鬱陶しいことわざを耳元でぶつぶついうし、このときほど精神的にまいったことはなかった。自分が区切りをつけた三十歳まであと五年。この間にこれからずっと仕事をしていくための下地を自分でつくっていけるだろうか、毎日が不安の日々だった。そういうとき、偶然「本の雑誌」の編集長である椎名誠氏と出会い、本の雑誌社の一番目の社員となったのである。そして実家を離れてひとり暮らしを始め、自分で食っていく第一歩を踏み出したのだ。

本の雑誌社には五年半いた。ここで私は単行本や雑誌の編集をもっと覚えようとしていたのだが、意に反して三十歳になったときに会社をやめて、物を書いて生活するようになった。自分のつけた区切りどおり三十歳からの再出発だったが、編集者という希望とは違う道に進んでしまったわけである。

学校を卒業してから自由業になるまでの八年間を思い返してみると、まず興味があった広告、編集関係の仕事に就くことができて、運がよかったとしかいいようがないし、よく同じような業種ばかり、しつこく食いついていたなと思う。だけど勤めて半年もたたないうちに会社をやめてしまうなんて、雇用側からみたらとんでもない奴であるのには変わりがない。だけど私はそうしなければならなかった。自分の将来を考えると人に何と思われようと、行動に移す必要があったのだ。

今の若い人たちが就職にどのような考えを持っているか私にはよくわからないが、基本的には好きなことをやればいいんじゃないかと思っている。有名企業に入ってエリートを目指すのもいいし、就職しないでフリーアルバイターで暮らすのもいい。自分ひとり食わせることができて、自分の意思でやることなら何だっていいのだ。いちばん困るのは自分の問題なのに何の意思も持てない人である。これは知り合いの女性の例だが、彼女は会社に勤めたいのかそれとも就職という形をとらないで自分の好きなことをやりたいのか、それすらも決められない人だった。親のコネがあったので勧められるまま何も考えずに就職した。ところがいざ入社してみたら、とてもつまらない。会って話を聞くと、

「お父さんがこんな会社勧めたからだ」

と文句ばかりいっているのだ。

「それならやめて他の会社を探したら」

というと、

「うーん」

と歯切れが悪い。今勤めている会社が結構有名だし給料もいいので実のところはやめたくない。だけど不満だらけなのである。そして私のことを、

「いいですねえ」

といってうらやましがる。物を書くのがうらやましいのなら自分で何か行動を起こせばいいのに、ただなにもせずぶつぶつ文句をいっているだけ。そしてあげくの果ては、

「興味があることってないんです。何か面白いことはないですか」

などと聞くのだ。二十何年生きてきて、それが職業に結びつくかは別にして、自分の好きなこと、興味があることも見つけられない人にはアドバイスする言葉がない。

「私はあなたではない」

というだけである。彼女は社会に対してお客さん的な意識しか持てないのだ。今までは親が準備万端何でも整えてくれたその上を、お姫様みたいに歩いていればよかった。自分で疑問を持ってあれこれ考える癖がついていないから、何かあったときに他人に相談して決めてもらおうとする。こういう人は働いているほうが世の中の迷惑なので、家事手伝いとかいうわけのわからない職業に就いて、家の中にいてもらいたいのだ。

自分の希望した職場、そうでない職場に関係なく、世の中に足を踏み入れたとたん、新入社員は必ず夢を打ち砕かれる。悲しいけれどそういうものなのである。だけどどんな会社でも、本気で仕事をするつもりのある人だったら、就職してみて損をする会社はない。そのときは不平不満の塊であっても、あとから思えばそれもよい経験になるからだ。激務だった広告代理店では嫌なこともたくさんあったが、ズブの素人だった私に仕事をする人間として最低限の礼儀を教えてくれた。大学を卒業したくせに社用電話の一本も満足にかけられなかったのに、なんとか相手に失礼のない電話がかけられるようになったのは、何度も先輩や上司に叱られたからだと感謝している。

初めて入った会社が自分の波長に合いそうだったらそこに勤めていればいいし、転職したくなったらすればいい。もちろん定年までいたっていいわけである。特に女性の場合はろくでもない上司がいることも多いので、それが悩みの種になることもあるだろう。嫌なことがあったら、「これは自分の身になる嫌さ」なのかどうかよく考えてみることである。自分が行動を起こさなければ誰も面倒をみてくれないことも忘れてはいけない。私も三十歳で区切りをつけてから、まだ五年しかたっていない。偉そうにいえることなどあまりないけれど、これから社会に出る若い人たちは「社会のお客さん」になることなく、自分のやりたいことは何かをきちんと見つけてほしいし、そして「仕事はやりがいがあるものであって、生きがいではない」ということをわかってほしいと思うのである。

「朝日ジャーナル」(朝日新聞社)
一九八九年四月二十五日号

聞いたか！　愚かな母親どもよ！

何カ月か前に、うちに送られてきた雑誌を見ていて私は、

「げっ」

と驚いたことがある。その雑誌は、私がお金を払っては絶対買わない、お嬢さま向けのものので、きれいなカラーグラビア何ページにもわたって、街角で目立った女性たちに、着ている洋服はどこのメーカーで、どこで購入し、いくらだったかをインタビューしていたのだ。ところが、そこに登場している彼女たちの着ている服の値段の高いこと。一介のOLが、どうしてこんなものが着られるのだろうかとたまげたわけである。雑誌が冬の号だったので、多少値が張るのは仕方《しかた》がないのだが、それにしてもすさまじいお値段であった。十万円、二十万円はザラ。

そのなかに、私が本を出したことがある出版社に勤めている女性も登場していた。事務系の仕事をしているらしい彼女とは面識はないが、彼女の着ているワンピースとコートのお値段が何と七十五万円。別にパーティー用でも何でもなく、通勤にそういう服をお召しになっ

ているのだ。

「母がこの服を気にいって、足りない分を出してくれました」

というコメントが載っていたが、七十五万円もしたら、そりゃあ二十三、四歳のＯＬの給料じゃ足りないだろうよと、そういう親の子として生まれなかった私は、グラビアを見ながらぶつぶつ文句を言ったのだった。

ふつうだったら、娘がいくら欲しがっても、いくら似合っても、

「ちょっとそれは贅沢《ぜいたく》じゃないかい」

とたしなめるものじゃないかと思うのだが、世の中には金銭感覚が違う親がいるのだなとあきれかえってしまった。それほどの服を着ているとなると、靴やバッグもそれなりのお値段のものでないと釣り合いがとれない。きっと彼女は全身ひっくるめて百万円くらいのものを身につけているのではないかと思う。それでありながら毎朝、満員電車に乗って通勤している姿を想像すると、今の日本のアンバランスな状態を象徴しているようで滑稽《こっけい》な感じがするわけである。

「社会人になった娘に法外な服を平気で買い与える親は許せない。欲しかったら、自分の給料をためて買え」と、私はしばらくムッとしていたのだが、昨日テレビを見ていたら、最近はガキどもにＤＣブランドの服だの、専門の美容室だのと、贅沢をさせるのが当たり前みた

いになっているようなので、ますますびっくりした。

早速、子供がいる友だちに電話をしてそれが本当か聞いてみたら、子供服のファッション・ショーがあったり、子供向けのDCブランドが急成長しているとのことであった。

「大人のミニチュアみたいでねえ、変にデザインぽくて気持悪いの。おまけにものすごく高いのよ。どんどん大きくなる子供に、二万も三万もする服なんか買ったって、ムダとしか思えないわ」

と言う。彼女の連れ合いは医者で、一般のサラリーマンよりは収入はいいのだが、彼女にしてこのような考え方である。平気でお高い洋服を買い与える家庭は、どれだけ収入があるのか知りたいくらいだ。

彼女の話のとおり、人通りの多い駅前の繁華街にいくと、若い母親が子供にDCブランドの服を着せて、まるでペットのようにして連れて歩いているのをよく見かける。そういうふうにするのが、子供をかわいらしくみせて、流行《はや》りなのだと信じているみたいだが、抱《だ》っこされたり、手をひかれて歩いている子供の胸と背中をみると、ばっちりブランドのロゴマークがついている。自分の子供がその会社のサンドイッチマンをしていることに対しては、何とも感じていないようなのだ。

母親のほうも子供に負けず劣らずお洒落《しゃれ》な格好をしているが、悲惨なのは父親である。学生時代から着ているのではないかと思われるような、色のさめたポロシャツや見るからに品質の悪いシャツ、ひざの出たズボンを身につけている。父親たちの稼いだお金は、すべて妻と子供に吸い取られているといった感じなのである。

一方、母親のほうはどんどんエスカレートし、国産DCブランドでは満足しきれなくなって、今度は海外の有名デザイナーが作る子供服へと目を転じていく。たしかに見たところ、品もいいし、デザインもすっきりしている。

しかし、あんなにきれいなパステルカラーを着せたら、洗濯が大変だろうになどと、私は余計な心配をしてしまった。テレビでは、

「子供がたくさん集まるところで目立つようにしたいので」とか、「買うときにお金はかかりますけど、大事にして下の子にもしっかり着せますから」

と母親たちは言っていたけれど、子供があっちこっち走りまわったり、砂場で遊びたがったら、きっと目をつり上げて、

「洋服が汚れるからやめなさい！」

と怒鳴《どな》りつけるのに違いない。

買ったとたんに服の値段を忘れられるような金銭感覚の人じゃないと、このような服を買う資格はないんじゃないだろうか。おまけに相手は子供である。汚すなというほうが無理と

いうものだ。子供専門のヘア・メイクスタジオではカットが三千円、パーマが六千円だそうである。ギャーギャーと子供が泣いて嫌がっているのに、母親はそこでカットさせたがる。レポーターが、鏡の前でヘア・メイクの専門家にカットしてもらっている女の子に、

「お母さんにしてもらっているのと、どっちがいいですか」

と尋ねると、その子はとっても小さな声で、

「お母さん」

と答えた。私はテレビの前でまるで、鬼の首でも取ったかのように、

「聞いたか！　愚かな母親どもよ！」

と金をかけるのが一番いいと、大きな勘違いをしている母親たちに向かって吠《ほ》えてしまったのであった。

「Ｗｅｅｋｓ」（日本放送出版協会）
一九八九年六月号

TV批評ってなに？

かつて私が週刊文春でテレビに関するエッセイを連載していたときに、的はずれの反論を私宛てではなく、新聞に投稿した女性がいた。

「変わった人だなあ」

とそれを読んで笑ってしまったのだが、どうも新聞に投稿する人は「自分はちゃんとしている」という自信があるようだ。しかし傍《はた》からみると必ずしもそうはいえないような気がする。

テレビ視聴者の意見欄には、毎日絶えることなく御意見が載るが、もっともだと思えるのは非常に数が少ない。ほとんどが、

「わざわざ便箋、ハガキを取り出して文章を書き（きっと何度も推敲《すいこう》を重ね）、それを投函するなんて御苦労なことだ」

といいたくなるような内容である。

まず目につくのが、つまんないことで涙を流してしまう、一杯のかけそばタイプである。

歌手が外国に行って地元の人々に親切にしたといっては泣き、三つ子が無事に成人したといっては泣き、ドラマがハッピー・エンドだからといっては泣く。私は病気もので視聴率をとろうとする番組は大嫌いなのだが、そういう番組が放送されたあとは必ず、

「私は泣きました」

とわざわざ報告してくる人がいる。きっと、

「なんて優しい心を持っているんだ」

と自分のことが誇らしくてたまらないのだろう。人それぞれだから何で泣こうとかまわないが、それをわざわざ万人に知らしめようとするのが、すごいところである。

やたらと感激して拍手するタイプもいる。自分の贔屓《ひいき》にしていた野球チームがサヨナラ勝ちしたから、喜んで拍手したというわけではなく、

「画面に登場してきた○○さんの奮闘ぶりに拍手」とか、

「この企画をしたテレビ局のスタッフに拍手」

といったものである。テレビを見ていてこんなにいちいち拍手をしていたらさぞや手が痛かろうと思うのだが、この善人丸出しの拍手タイプも、つまんないことに感激して続々と登場してくるのだ。

こういった投稿のなかでいちばん笑えるのが、どうでもいいことをプリプリ怒っているタ

イプである。

「聞いてくださいよ、みなさん」

という真剣な訴えが伝わってくるのだが、どことなく滑稽なのだ。毎年野球シーズンになると定番として紙面に載るのが、三十分野球放送が延長になって、ビデオをセットしておいたのにそのあとの見たい番組のお尻が切れてしまったという怒りだ。このテの文面のしめくくりのほとんどが、

「その怒りはどこに持っていったらいいのだろうか」

である。ゆとりを持って録画予約しなかった、自分のドジを公にしてしまっていることに気がついているのかいないのか、とにかくお茶目な人々である。野球選手が試合中に笑ったと怒っている人もいる。戦う人間に笑いはいらないという、大きなお世話の何ものでもないが、ひとことといわないと気が済まない長屋のおかみさん的性格なのだろう。

彼らはテレビ番組の内容の向上などはどうでもよくて、自分の投稿が掲載されるネタとして、身近なテレビを選んでいるにすぎない。常識的ないい人間であるというアピールも忘れない。

しかし彼らは原稿を投函した時点で、泣きや拍手や怒りはどこかにとんでいってしまっているはずだ。関心があるのは自分の文章が載るか載らないかだけである。トホホと思うよう

な投稿がほとんどで、質の向上は期待できないが、あんな小さなスペースでも、載るか載らないか気を揉む人々がいるなんてかわいいではないか。別の意味で私も楽しんでいるし、彼らの楽しみを奪うことはないと、この欄に関しては寛大な心を持つことにしたのである。

「文藝春秋」（文藝春秋）一九八九年八月号

ミシッ、ミシッ。

つい半年前までは、自分の本棚を眺めて、

「どうしてこんなに本があるんだ」

とひとりで怒っていた。もとをただせば買ってきた自分が悪いのに、ふと気がついたら突然、本が増殖していたような気分になるのである。書店に足を踏み入れた私は一種の興奮状態にあり、とにかく何かに憑かれたように本を買ってしまう。そろそろ絶版になりそうな気がする古くて値の張る本や、手に入りにくい写真集なども見つけたらすぐ買うので、本代を支払った後の財布には、小銭しか残ってないこともたびたびだった。洋服に十万円は使えないが本には平気で使える。

欲しかった本を買った直後は満足感でとても良い気分なのだが、熱がさめて正気に戻ったときは最悪だった。部屋にある本の量に呆然とし、

「洋服ダンスやアイロンがなく、本ばかりこんなにある生活なんてまともだろうか」

と自己嫌悪に陥ったりした。おまけに本はたくさん持っているといろいろと維持費もかか

る。これにも困っていたのである。

かつてお風呂のない木造アパートの二階に住んでいたとき、部屋には不似合いな幅一・八メートル、高さ二メートルの書斎用スライド式本棚があった。これは実家から苦労して運んできたものだった。母親が、家具店の社長夫人におさまっている女学校時代の恩師の家に遊びにいったら、

「本好きの娘さんのために」

などと熱心に勧められてしまい、断れずに買ってしまったのである。私は母親のプレゼントだと思っていたのだが、

「お金はあんたが払うのよ」

といわれて大喧嘩になった、いわくつきの本棚だった。最初は本棚を見ただけでもむかついていたのだが、一か所に本が集められるという利点もあり、この本棚を大事にしていたのである。ところが入居半年後、毎晩、

「ミシッ、ミシッ」

と板が割れるような音がしはじめた。耳をすますと本棚のほうから聞こえてくる。なんだかすぐにも床が抜けそうな雰囲気だったので、私は急いで引っ越さなければならなかった。あとで調べたら水平であるべき畳が七センチも沈んでいた。それからは木造アパートではな

くて、造りのしっかりしたマンション住まいを余儀なくされた。何度目かの引っ越しのとき、私は本の詰まったダンボール四十個をトラックに運びながら、どうしてこういうことになってしまうのかを考えてみた。本を買うのは平均一度に四、五冊だが、読むのは一冊ずつである。あとは保留本である。購入数と読書量を比較すると、はるかに購入数のほうが多い。となると私が本を買うのをぱったりとやめて必死に保留本を読まない限り、この本地獄は延々と続くことになるのだ。

本を買うのはやめられない私は、本地獄から抜け出すべく、まず書斎用スライド式本棚を知人にあげて、奥行きがスライド式の三分の一しかない、超薄型本棚を通販で購入した。入れ物から縮小することにしたわけである。そして本はこの棚に収まるだけしか持たないことに決めた。三日間にわたって厳選に厳選を重ねた本が並べられ、惜しくも選にもれた本たちは、私の友だちにもらわれていった。手元には絶対に手放せない本だけが残った。しかし収納数を決めてしまったから、本を読み終わるたびに取捨選択を迫られる。ここで甘い顔をみせると、元の木阿弥《もくあみ》になってしまうので、心を鬼にして本とさよならする。

「どっちを残そうか」

と悩むのはなかなかつらい。できれば全部手元においておきたい。しかし友だちの手に渡って、喜んで読んでもらえるならばと決断するわけである。本は大好きだが、本にふりまわされる生活はしたくない。きっとこれからは本は減ることはあれど増えることはないと思っている（のだが……）。

「クリーク」（マガジンハウス）
一九八九年八月五日号

ベテランOLの素敵なしぶとさ

私が会社をやめて物書き専業になって丸五年になるが、もしも退職せずにずっと勤めていたら、今頃どんなふうになっているかしらと思うことがある。私は現在、三十五歳。『夢のように日は過ぎて』（田辺聖子著、新潮社）の主人公、芦村タヨリと同い年である。OLの自分の姿を想像すると、仕事は慣れきってしまってミスをしないように同じことを繰り返しているだけ。日曜日にはただひたすら休養をとるのだが、あっという間に一週間が始まってしまう。多少お金に余裕もでてきたので、素敵な洋服を買おうとしても、二の腕の内側とかウエストとヒップの中間に肉がつき、何となくシルエットがすっきりしない。白髪もちらほらと出てくるし、シミやそばかすも一向に消える気配はない。おまけにちょっと夜更かしすると、翌日、目の下にはクマができている。結婚する気はさらさらないが、男っ気もない。会社では上司と後輩に挟まれてつらい立場だし、肉体的には今まで他人事だった「衰え」が我身にもひたひたと押し寄せてきているのを知る。若い人からみたら惨澹たるもののように見えるかもしれないが、そんな状況でも何とかうまいこと自分をだましながら、それなりに暮らしているような気がするのだ。

それに比べて芦村タヨリのうらやましいこと。メーカーのニット・デザイナーとして働き、万事、

「アラヨッ」

という生活信条で生きている。いいたいことがいえる女友達がいる。年下のボーイフレンドが何人もいる。彼女は知り合った相手の年齢にあわせて声を使い分け、二十五歳とさばをよんだりする。

「こんないい女がもてなくてどうする」

という太っ腹な人である。酒を飲み男性とホテルにも行くけれど、常にクールで自分を見失わない。

「タヨリちゃんはええなあ」

と誉めながら、実はホテルに行くのが目的の男たちもうまくかわす。若くてもヤボな男とはさっさと付き合うのをやめる。最初は例の声でうまいこと年齢をごまかすのだが、相手がつけあがって理不尽なことをすると、突然、三十五歳のたくましい素の自分に戻り、相手を一喝していさぎよく去っていく。その反面、

「われ、何さらしくさっとんじゃ」

という河内弁丸出しのおじさんに心を動かされたり、一人旅の見知らぬ土地で出会った男性にも胸をときめかせたりする。リッチなホテルに宿泊して、ひとり夕食をとるときは、気合をいれて持ってきたベルベットのドレスを着用したりと、十分、女っぽいところもあるのだ。私は本から目をあげ、彼女の話す関西弁につられて、

「ええなあ」

とつぶやいてしまった。

このたくましいタヨリ姉さんは、きっとOLの憧れの人なんじゃないだろうか。それも勤続八年以上のちょっと疲れ始めたベテランの。最近の何でもかんでも欲しがる若いOLには、タヨリ姉さんがどうして「ええなあ」なのかわからないはずである。彼女は日本酒に梅干しをいれて自家製の化粧水をつくる。三十女はこういうのをこそこそ作ったりするのが好きなんである。雛祭りには小さいけれどお雛様を飾る。1DKのひとり暮らしだが、こういうことがふと心をなごませるものなんである。ちゃんと味噌汁くらいは作ることができる。雑誌には載っていないが、おいしい物を安い値段で食べさせてくれる店を知っている。スタイルも顔もめちゃくちゃいいが、食事はコンビニエンス・ストアやファースト・フードでまにあわせ、少しでも安くブランド品を買うために海外旅行に行く若いOLとは、中身の出来が違うんである。

ふだんの自分の生活を大切にする女性。仕事もきちんとやり、プライベートでは自分自身を楽しめる女性こそ、かっこいいといえるのではないか。強欲に世の中の最高の幸せを望もうとする乳臭いＯＬとは違って、ベテランＯＬはしぶといし、ひと筋縄ではいかないが、日常いたるところにある自分なりの幸せを知っているのだ。この本を読んで、タヨリ姉さんがいい女だと思えない人は、男も女もまだまだ子供なのである。

「波」（新潮社）一九九〇年二月号

今、気がついた落ちこぼれ

私は学生時代、スカートというものをはいたことがなかった。スカートの必需品のストッキングが嫌だったし、アクセサリーのたぐいも鬱陶しくてつける気にならない。いつでもどこでも、前に何が立ちはだかっても、平気で跨いでいけるジーンズが、いちばん私の気分に合っていたのである。着る物でさえそうなのだから、化粧なんかとんでもなかった。学校を卒業してすぐに就職した会社では、上司に「たのむから化粧をしてくれ」といわれたので、仕方なくしていたが、そこを半年で退社してからは、面倒くさいことは、一切やめた。顔を塗りたくったり、口紅を塗ったりすることにうつつをぬかしているよりは、本の一ページでも多く読んだほうがいいと思っていた。お気に入りのセーターを着てハイキングにいったら、地元の人に野生のタヌキと間違われて撃たれそうになったくらい、むさくるしい格好をして歩いていたのである。

寒くなるとTシャツやトレーナーを重ね着し、もっと寒くなるとその上にブレザー、コートと十二単《じゅうにひとえ》方式で着ていった。暖かくなれば反対にどんどん脱いでいく。いたって簡単な

被服構造で、顔面も洗顔以外はほとんど手を加えないために、母親が、

「猫のほうが、あんたよりよっぽどていねいに顔を洗う」

と嘆いていた。私はお洒落にうつつをぬかすのは罪悪で、必要以上に着飾るのは、みっともないことだと考えていたのだ。

お洒落が好きな人は、どんなに給料が少なくても、やりくりして自分の身につける物を買う。しかし私はそういうタイプではなかった。二十二歳から二十五歳の間に、五回転職したので、退職金はもらったことがない。給料の良さにひかれて就職した会社は、上司と喧嘩して二日でやめてしまった。私を雇ってくれる会社は、いちおうマスコミ関係ではあったが、仕事がきつくて、低賃金のところばかりだった。少ない給料のほとんどを私は本代に使った。ブラウス一枚と本を比べると、どうしても私のなかでは本のほうが重かったからだ。着る物が底をついてくると、こっそり母親の洋服ダンスを開けて、着られそうな服を選んで内緒で着ていった。そのたびに会社の人には、

「どうしたの」

と聞かれた。親の服を着ているとはわかるまいとふんでいたのに、彼らに、

「それ、お母さんのでしょ」

とするどく見破られ、恥をかいたのも一度や二度ではない。母親にも、

「いちおう年頃なんだから」

といわれたが、それでも私は給料のほとんどを本につぎ込んでいたのだ。化粧やファッションにうつつをぬかす、同年輩の女の子たちを、心の奥底では軽蔑していた。

「顔をいじくる前に、やることが山ほどあるだろう」

と意気がっていたわけである。

しかし三十七歳になって、私はなんてもったいないことをしていたのかと、思うようになった。最近になってやっと、アクセサリーをつけたり、口紅を塗ったり、少し丈の短いスカートをドキドキしながらはいてみたりするのが、楽しいと感じるようになったからだ。もともとスタイルは悪いが、それでも二十代のほうが余分な肉がくっついていなかった。胸だってお尻だって、私の記憶では、もうちょっと高い位置にあったはずだ。ウエストとヒップの間に、無駄な肉がこんもりと盛り上がってもいなかった。そういうときに、もうちょっとお洒落をしておけばよかった、と悔やんでいる。若さで潑剌《はつらつ》としていた時期だというのに、私はそれに背を向けて、ただひたすら本を読み耽っていた。本はいつでも読めるが、若さは戻ってこない。そのとき自分はこれでいいと思っていたが、私は今になって、当時、明らかに女性として落ちこぼれていた、自分の姿に気がついたのである。


「ミセス」（文化出版局）一九九二年三月号

スピーカーの台

私が高校生のころ、「朝日ジャーナル」は憧れの雑誌だった。大学生が小脇に抱えているのを見ては、「早く「朝日ジャーナル」が読めるようになりたい」と思ったものだった。何とか大学に入り、「朝日ジャーナル」を買ったはいいが、内容のほとんどは、私の頭では理解しがたいものだった。書評のページくらいしか読めなかったような記憶があるが、紹介されている本がこれまたどれも難解で、私が立ち向かえるようなものではなかったのである。

当時、私の憧れていた男性は、「朝日ジャーナル」と哲学書を熱心に読んでいた。私も彼と同じようなことをしようと、岩波の「プラトン全集」を全巻予約したり、デカルトがどうした、キルケゴールがどうのこうのという本も買ったりしたが、どれひとつとして読破できなかった。自分の能力の限界を感じた私は、「プラトン全集」の予約を途中でキャンセルし、買った分は読まないまま部屋の隅に放っておいたのだが、いつの間にかそれは積み重ねられて、スピーカーの台になった。

私は読んでいない「朝日ジャーナル」を、小脇に抱えてキャンパスを歩いていた。それに気がついた彼が、声をかけてくれるのではないかと期待していたからだが、無駄な努力に終わった。私は「朝日ジャーナル」というと、まず、二十歳前の見栄っ張りの自分を思いだす。そして未だに赤面してしまうのである。

「朝日ジャーナル」（朝日新聞社）
一九九二年五月二十九日号

自己啓発よりもふて寝を決め込む、そこで見つかる人生も、捨てたもんじゃない

ポジティブ・シィンキングという言葉を、最近、聞くようになった。たまたまそういった類の本の前書きを読んだのだが、自分が将来なりたい状態を願えば、必ずそのとおりになると書いてあった。輝ける理想、真の幸福、成功、豊かさ、完全な健康という文字が並んでいるのを見て、私はこの部分を読んだだけで、断定的な物のいい方に力負けして、疲れてしまったのだ。

私は理想とか夢がない人間である。自分が一生続けられるような仕事を持ちたい、そして、いい仕事をしようとは思っている。だけどそれだけなのだ。たとえばうまくいかないことがあると、ポジティブ・シィンキング風に、「私の信念が足りないんだわ」と考えずに、「ま、ともかく寝ちゃお。何とかなるわさ」と布団をかぶることにしている。一方、うじうじと「私は報われない」と嘆いている人を見ると、「あんた、勝手にいつまでも悩んでいれば」と突き放したくなるタイプでもある。だけど「人間には何ひとつできないことはない」というきる、濃厚な感覚のポジティブ・シィンキングには、生理的についていけないのである。

誰だって幸せな生活を送りたい。健康で、愛する人がそばにいて、仕事も順調であればこんなにいいことはない。ポジティブ・シィンキングの提唱者は、人間には無限の力があるといっているけれど、私はそうは思っていない。人間はそれぞれ決まった分量の幸せしか持てない。ある部分で恵まれていたら、別の部分はそれほど恵まれることがない。しかしその欠けている部分を卑下することなく、楽天的に考えてうまく補って暮らしていくのが、いいのではないかと思っている。

たとえば私の場合、自分の理想とは違う職業についている。学校だって自分の目標としているところではなかった。しかし、それでよかったと思う。自分のなかで、絶対に譲れないものはいくつかあるが、それ以外の部分では、私は力をぬいたふぬけ状態でいる。自分の思惑とは違うところに流されてしまっても、たいしたことはない。結果的にそのほうがよかった場合もあるし、また新しい自分を発見できるきっかけになるのだ。

ポジティブ・シィンキングにいまひとつ賛同できないのは、その「絶対」主義である。ある女性が、新幹線内の食事のまずさを嘆き、「料理人は愛する人のために作るような気持ちで、料理を作らなければいけません」と書いているのを読んだ。ごもっともで、反論の余地もないご意見である。だけどそのような、まっとうな言葉を堂々と書く人を、私はうさん臭いと感じてしまう、意地の悪い性格なのだ。やる気のある人は、自分の理想に向かって、ポジティブ・シィンキングをすればいい。だけど私はこれからも、やるときゃやるが、やらないときはやらない精神で、だらだらと生きていくつもりだ。

「クリーク」（マガジンハウス）
一九九二年八月二十日号

ガムは最終兵器

小学生のとき、私は買い食い禁止令を出されていたので、子供だけでお菓子を買う楽しみはなかった。いつでも母親と一緒に店に行って、

「あれが欲しい」

といわなければならない。そんな制約もなくて、お小遣いのなかから勝手にお菓子が買える同級生が、とてもうらやましかった覚えがある。親に隠れて買うお菓子のほうが、同じ物でも遥かに味の違うような感じがした。おまけにうちでは、父親が、

「女性がガムを嚙むのは下品である」

といっていたので、彼の目を盗んでこっそり嚙んでいた。それが身についてガムを嚙むことに抵抗がなくなったのは、三十歳を過ぎてからだった。

そういわれても母親と菓子店に行くと、ガムだろうが何だろうが、目につくものは欲しくなる。ねだって買ってもらったなかで記憶に残っているのは、オレンジ味のガムである。ひとつは直径が二〜二・五センチくらいの、オレンジ色の球で、外側が固くコーティングして

あり、それをぐっと口の中で嚙み砕くと、中からガムが出てくる。風船ガムではなかったかと思う。それは一個ずつ、両端が緑色のオレンジのセロハンに包んであり、両側をねじったキャンディーのような形で売られていたはずだ。

もうひとつは三センチ角で厚さ一センチほどの小さな箱に、四個入った丸いオレンジガムである。パッケージにもオレンジの柄があった。母親からは、

「歩きながら食べちゃいけません」

といわれるので、私は早く口の中にいれたいのをぐっと堪え、箱を握って家に帰った。遊びながら嚙んでいて、喉に詰まるとよくないというので、ガムは座って食べるようにともいわれていた。

嚙んでいるうちに、最初は甘くておいしいオレンジ味も、嚙んでいるうちにだんだん味がしなくなってくる。すぐつまらなくなる。すると口から端っこを指でひっぱり出して、びろーんと伸ばし、伸びきったところでまた口の中に戻すということを何度も繰り返し、母親に見つかって、ひどく吐られたりした。しかしのちに、味がなくなったオレンジガムに「渡辺のジュースの素」の粉末を混ぜこんで嚙むという技を発見し、これでオレンジ味が持続することにはなったが、同じように母親に、

「いじましいことするんじゃない」

と叱られた。

味がなくなったガムを紙にくるんで捨てるときには、ひどくもったいないような、損をしたような気分になったものだった。うちに遊びに来た友だちのなかには、嚙んでいる途中で、

「お休み」

といって、嚙んだガムを紙の上に乗せ、何時間か遊んだ後、またそれを嚙むということをする子もいた。時折、トリモチみたいに、そこにハエがくっつくという悲劇に遭遇し、泣く泣くガムを捨てたりしていた。さすがに私はそこまでしたことはない。

またガムは武器でもあった。ただの武器ではなく、子供たちの最終兵器といっても良かった。服はまだしも、髪の毛につくと最悪だった。外でガムを嚙むことを禁じられていた私は、武器には出来なかったが、ガムのために大騒動になった現場を、何度も目撃している。

クラスに金持ちであることを、ことごとく自慢する坊っちゃん刈りの子がいて、みんなに嫌われていた。その子の母親も同じように子供たちには不評だった。

「僕の家には車も、応接間もあるけど、お前たちの家には何もないだろう」

とすぐ自慢するのだ。みんな腹の中で何とか奴の鼻をへし折ってやりたいと思い、チャンスをうかがっていた。そして、放課後、帰り道で待ち伏せしていて、買い食い禁止令を出されていない男の子が、嚙んでいたガムをてのひらに乗せ、背後から彼の頭めがけて思いっき

り押しつけた。押しつけた上に、ぐりぐりとねじりこんだ。

「わーっ」

みんなは束になって逃げた。彼はおそるおそる頭に手を持っていき、髪の毛にべったりと他人が嚙んだ唾液たっぷりのガムがついているのを知ると、

「ぎゃー」

とものすごい大声で泣いて家に帰ってしまった。ガムを髪の毛につけられた子は、とんでもない屈辱を味わうはめになった。

翌日、彼は五分刈りになって学校にやってきた。彼の母親が先生に告げ口をしたらしく、それ以来、ガムは禁止になってしまったが、それでもこっそりと、大人の目につかないところで、その最終兵器は使われていたのである。

「日曜研究家VOL．10」（日曜研究社）
一九九八年一月発行

宝物だつた優しい笑顔の少女たち
──『わたしのきいち』を読む──

私が子供のとき、毎日のように遊んでいたのは、きいちのぬりえだった。親からお小遣いをもらうと、一目散におもちゃ屋に走っていき、きいちのぬりえを買った。その店ではいつも何種類かの在庫があって、中身がわかるように、見本を置いてくれていた。私はそれを見て、

「これがかわいい、そっちもかわいい」

と、どれを買おうかいつも迷ったものだった。そのうち多少は知恵もつき、二、三人で別々のぬりえを買い、おのおのの好みの図柄を取り替えっこするということも覚えた。他のおもちゃでは喧嘩《けんか》になっても、きいちのぬりえで喧嘩になった覚えは全くなかった。みんなきいちのぬりえを見ているときは、とてもうれしそうな顔をしていたのである。

折り目やしわがつかないように、鼻息で飛ばないように、そっと息をしながら机の上に買ってきたぬりえを広げる。一度色を塗ったらそれでおしまいだ。私は何枚か入っているなかで図柄のランクをつけ、下のものから手をつけた。これは好きな食べ物を、後に残しておく

のと同じ感覚だったかもしれない。軽く手ならしというところである。それでもじっとぬりえをにらんだまま、しばらく手は出さない。クレヨンや色鉛筆とぬりえを交互に眺めながら、色を決めていく。スカートは赤の地がいいか、ピンクがいいか、それとも青がいいか。頭のなかではさまざまな色のスカートを穿《は》いた、丸い大きな顔をした少女が首をかしげている。それはどれもとってもかわいらしくて、うれしさで身をよじりながら、楽しい想像にふけっていた。

独りでにんまりしていると、絵を描いて生計をたてていた父親が近寄ってくる。そして、

「ここはどうするんだ？　何色にする？」

と聞く。静かにうっとりしているのをぶちこわすのである。

「あっちに行ってて」

そういうと彼は苦笑いしながら離れていったが、振り返るとにこっと笑いながら、背後で待機していた。

思い悩んだ末、やっと塗り終わると、父親の塗り方指導がはじまる。まず色鉛筆で輪郭をとり、中をクレヨンや色鉛筆で塗りつぶしていくと、仕上がりが美しい。顔は肌色に塗ったあと、赤かピンクのクレヨンを指につけ、ほっぺたをうすくぼかすとよいといった。そして柄に足りないと思う部分があったら、ぬりえの線の通りではなく、好きな模様を描き足して

もよいのだともいった。たしかにそのとおりにすると、ぬりえの少女の顔は生き生きとした。私は好き勝手に暮らしている父親が嫌いだったが、このときだけは素直にいうことを聞けたのである。

大好きな着物の図柄のぬりえは父親からトレーシングペーパーをもらい、4Bの鉛筆でトレースして、写し取ったほうに色を塗ったりした。あまりにもったいなくて、そのまま永久保存にしようとしたのだ。何のためのぬりえかわからないのであるが、それくらいきいちのぬりえは宝物だったのだ。

あれだけぬりえで遊んだのに、塗った物も手つかずの永久保存版も、何ひとつ手元には残っていない。私は大きくなってから、何度もきいちのぬりえを思い出した。以前、出版されたきいちの本も買ったが、友だちに貸したらそれっきり、どこかに行ってしまった。もう一度、きいちのぬりえを見てみたい。今でも売っているのだろうかなどと、考えていたところ、今回、きいちのぬりえの本が出ると知って大喜びした。作者の蔦谷喜一氏がお元気だと知ったのも、うれしいことだった。

きいちのぬりえに出会ってから四十年たって、私はやっと「きいちとは何か」がこの本でわかった。『わたしのきいち』を出してくれて、本当に感謝したい。ページをめくると、そこにはぷっくりと丸顔で、優しく笑っている懐かしい女の子たちがいる。少女たちを見ていると、私はあのときの、ぬりえの一枚、一枚が、大切な宝物だったときの子供に戻る。親に叱られたときも、ぬりえを見ていると、嫌なことはすべて忘れられた。結局は別れてしまった父親とのやりとりも、この本を見ていてふと思い出した。バービー人形の前に、物心がついていちばん最初に出会い、のめりこんだのは、きいちのぬりえだ。この本はきっと一生、私の本棚に残り、安らぎを与えてくれるだろう。そして何度も見直しては、温かい気持ちにさせてくれるに違いないのである。

「本の窓」（小学館）一九九八年一月号

懐かしい人も初めての人も笑えます
――『まぼろし万国博覧会』を読む――

一九七〇年に開催された「万国博覧会」は、私のなかでは何の思い出もない、イベントだった。イベント的には東京オリンピックのほうが私の記憶の中に強く残っている。東京オリンピックのとき、私は十歳だった。それまでの土の道路がアスファルトになり、各家の前にあった、蓋《ふた》つきのごみ箱が無くなり、なんだか家のまわりがきれいになっていくなと感じていたら、東京オリンピックが開催された。十歳の私は東京で行われているオリンピックのテレビを、食い入るように見ていた覚えがある。

一方、「万博」のときは、私は十六歳であった。生意気な女子高校生で、「万博」と人々が騒いでいても、何の関心も持てなかった。多数の人が関心を持つことに関心を持つのは、とてもださいことだと思っていたので、「万博」はもちろん無視である。おまけに何で三波春夫が「こんにちは〜」と歌わなければならないのかと、ハードロックに没頭していた私は呆《あき》れた。クラスの中でも万博に行ったことを自慢する人もいなかったし、とにかく私の知っている限り、周囲の友だちは「万博」についてはクールな反応しかしていなかった。子供だったら無邪気に関心を持ち、大人ならば大人なりの興味もあっただろう。しかし中途半端な生意気な年齢が災いし、私の人生のなかで「万博」について語るべきものは何もない。覚えているのは「世界の国からこんにちは」「人類の進歩と調和」「太陽の塔」くらいのものなのである。

『まぼろし万国博覧会』を読んで、私ははじめて、「万国博覧会」とは何かがわかった。「万博」のデータと、それをめぐる思い出がある人々のアンケートで構成されている労作だが、とても面白かった。多くの国の参加を要請したために、日本は牛肉の輸入を交換条件に出されたり、学校の建設や水道工事を求められたりした。また専門家を派遣したあげくに、展示が決まったのが「熱帯魚」と「熱帯植物だけ」だったり、人手がなく、館の設営の際には、ホステス役の女性がペンキを塗り、政府代表が床磨きをした国もあったという。

開催国の日本は参加国との腹のさぐり合いもあったようだが、日本国民のなかでも騒動が起きた。いちばんの被害を受けたのが、京阪神地区の人々だった。年賀状には宿泊、切符を頼むという葉書がたくさんきて、いっそのこと転勤にならないものかと悩んでいた人もいた。いざ開催となると、人々は裏技を使い、待たずに入館しようとする。

「親子でチャイナ服を着て列に割り込み、ワザと日本人じゃないフリをしてなるべく並ばずに見た」

などという手の込んだ策略をめぐらす人や、迷子のふりなんていうのは序の口だったようだ。人気のアメリカ館ではこんな人もいた。

「おじいちゃんは月旅行そのものを信じてなくて、スタジオ撮影だと言い張ってました」

こういうコメントがまたいいではないか。

日本人は「万博」によって、外国を知った。それは食べ物であったり、トイレで出くわした大柄な外国人のおばさんだった。日本の万博が他の万博と一番違った点は、マイナーな国々の人気の高かったことだ。

「アフリカの国々のパビリオンのように、ほとんど並ばずに入れるところもありました。『こういうところにも入ってあげなくちゃ』と妙に義憤《ぎふん》に駆られ……」

というコメントも載っていて、ほのぼのする。また日本人は外国だけでなく日本をも知った。「万博」に行くためにはじめて新幹線に乗り、関西弁に接し、なかには父の愛人と会ったという人までいたのである。

本で読んで、私のなかの「万博」は、とても興味のあるイベントに変わっていった。「へえ」「なるほど」の連発であった。一般の人々がどう「万博」をとらえているかが、アンケートのコメントによって彷彿《ほうふつ》としてきた。各人の思い出はとても些末《さまつ》なことなのだが、それが日本人の大イベント「万博」を表現している。そこがこの本のすごいところなのだ。二十八年前の「万博」に行った人も行かなかった人も、『まぼろし万国博覧会』を読めば、「万博」がどのようなイベントだったかがよくわかる。私は「万博」をめぐる人々の、期待、失望、驚愕《きょうがく》、仰天が面白くて、大笑いしながら読んだのだった。

「本の窓」（小学館）一九九八年八月号

地か演技かわからないのが面白い「やっぱり猫が好き」

随分前のことになるが、怠け過ぎたために原稿がたまってしまい、眠い目をこすりながら、深夜、テレビをつけっぱなしにして仕事をしていた。三十歳を過ぎたとたんに寄る年波には勝てず、夜起きているのがとても辛くなる体質になってしまったのだ。眠気ざましに画面を眺めていると、矢野顕子の歌と共に「やっぱり猫が好き」（フジTV系・火曜深夜0時30分）というタイトルが目にとびこんできた。新聞のテレビ欄でフジテレビでこういう番組を放送していることは知っていたが、タイトルから想像して、キャット・フードのカルカンのCMに出てくるような奇怪な飼い主が、猫を伴って猫自慢をする番組だろうと思っていたのである。ところがこれはタイトルとはほとんど関係がなく、もたいまさこが長女、室井滋が次女、小林聡美が三女という恩田家の三姉妹のお話で、登場するのもこの三人だけ。もしもテレビ欄に彼女たちの名前が紹介されていたら、間違いなく一回目から見たのに、何回か見損なったことをとても悔やんだ。

私と同じように昼型に転向した友だちはこの番組を知らないだろうと、翌日、電話して教えてあげたら、みんなが、「あれだけは好きでいつも見てるのよ」というのでちょっと驚いた。話をきくとそれぞれ友だちにはいわずに自分だけの楽しみにしていたというので笑ってしまったが、結構、私の周辺での視聴率は高かったのである。

かつて日本テレビで「OH！ たけし」という番組があった。ビートたけしが父親、もたいまさこが母親で、小林聡美と島崎俊郎が子供役だったのだが、私はビートたけしよりも、もたいまさこと小林聡美が、何の脈絡もなく突然キンキラキンの振袖で登場して、こまどり姉妹の物真似を始めるのが好きで見ていたようなものだった。ところがいつのまにか番組が消滅してしまい、「またどこかで、もたいまさこと小林聡美が二人して何かやらかしてくれないかしら」とずっと楽しみにしていたのだ。

その願いが「やっぱり猫が好き」でかなったわけである。おまけに室井滋まで出てくる。私は演劇関係には全くうといので、何年か前に「笑っていいとも！」のテレフォン・ショッキングに彼女が出たときに初めて存在を知った。そのときに彼女は天涯孤独で、生活に必要な電化製品をすべて福引きで当てたか、友だちにもらったかして調達しているという話をしていたような記憶がある。それを聞いて妙に私は彼女のことが気にいってしまって、新聞のテレビ欄を見ては彼女が出演しているドラマをチェックするようになったのだ。

このように「やっぱり猫が好き」は気にいっている三人がひとまとめに出てくるので、ただでさえつぶっているといわれているちっこい目を、睡魔と戦いながらかっと見開いて、見逃さないようにしているわけである。

この番組の面白さは、三人が地でやっているのか演技でやっているのか、台本があるんだかないんだか、セリフがどこまでホントでどこまでウソかよくわからない、そういううさん臭さがあるところだ。

三人がニューヨークに旅行した設定のとき、私はてっきりフジテレビのスタジオの隅っこにロフト風のセットを作り、仕出しの外国人をつかってやっているんだろうと思っていた。ところが次の日、同局の深夜番組の「新NY者」（水曜深夜0時40分）で実はちゃんとニューヨークまで行って番組を作ったことをばらしていた。なかで三人が「あまりこういうことはしたくないね」といっていたがそのとおりで、「私を騙すなら騙し続けてほしかった」という歌の文句が浮かんできてしまった。

「やっぱり猫が好き」に関しては、絶対に本編のほうが面白いのだからネタばらしをすることはなかったのではないだろうか。

三月の終わりの放送のときに「三姉妹は浦安を引っ越して、次回から新シリーズが始まります」という御挨拶があった。ところが春の番組改編と重なって、その次回がすぐ始まらなかったため、私は局内の力関係でこのまま番組がなくなってしまうのではないかと心配でたまらなかった。いまでは「やっぱり猫が好き」だけがテレビを見る楽しみなのだ。深夜何時でもいいから早く再開して欲しいと願っていたら、ようやく新シリーズが始まってくれて、これでまた火曜日の深夜の喜びが復活したのである。

「週刊文春」(文藝春秋)一九八九年四月二十日号

「やっぱり猫が好き」新作'98

あの「やっぱり猫が好き」の恩田三姉妹の今の姿が再び見られる。何とうれしいことだろう。番組が放送されてから、すでに十年の年月がたっている。私も恩田三姉妹も十歳、年をとった。

しかし、新作を見てあまりの違和感のなさに驚いてしまった。たとえばそれは、親しかったがなかなか会う機会がなかったのに、ばったりと街で女ともだちと再会したような気持ち。うれしさと親しみと懐かしさがごっちゃになったような、つい「お互い変わってないわね」といってしまうような感覚だった。

恩田三姉妹の真髄といった「レイ子はん、きつきつカンニンえ」では、大金を持ったレイ子が姉妹に対して傲慢《ごうまん》になる。きみえに「銭メス」とまでいわれるのだが、彼女たちの立場が徐々に逆転していく。「ワインを飲んでシル・ヴ・プレ」では、きみえの振りそではちょん切ってしまうし、そんなことまでいっちゃっていいのかと心配になってしまうが、ついつい笑ってしまう。脚本の通りなのかアドリブなのかわからない、この三人でしかできない面白さでやっぱりいっぱいなのだ。

ただ以前と違うのは、妹たちの行動を優しく見守っていたかや乃姉さんが、これまでのスタンスを保ちつつも、ちょっと過激になったことだろうか。「そりゃあ、お姉さん、十年の間にはいろいろあって、そういいたくもなりますよね」とうなずきながらビデオを見ていた。私にとって恩田三姉妹は、女優さんが演じている役ではない。現実にどこかに存在する女ともだちなのである。

産経新聞（産経新聞社）一九九八年六月二十四日

本書は一九九九年十二月、小社より刊行された『十五年目の玄米パン　群ようこの世界』を改題し再構成したものです。

●好評既刊
毛糸に恋した
群ようこ

世界にたった一つ、が手作りの醍醐味！　編んで楽しい、着てもっと楽しい、贈ってもっと嬉しい。こよなく編み物を愛する著者が、毛糸のあたたかなぬくもりを綴った、楽しいエッセイ本。

●好評既刊
人生勉強
群ようこ

「次から次へと、頭を抱えたくなるような現実が噴出してくるのだ(あとがき)」。日々の生活から、笑いと涙と怒りの果てに見えてくる不思議な光景。笑えて泣ける、全く新しい私小説。

●好評既刊
ヤマダ一家の辛抱(上)(下)
群ようこ

お人好しの父、頼もしい母、優等生の長女、今時の女子高生の次女。ヤマダ一家は、ごくごく平凡な四人家族。だけど、隣人たちはなぜか強烈で毎日振り回されてばかり。抱腹絶倒の傑作家族小説。

●好評既刊
おいしいおしゃべり
阿川佐和子

「見栄えも量もいいかげん。味さえよければすべてよし」を自己流料理のモットーにする著者が、アメリカ、台湾など世界中で出会った、味と人との美味しい思い出。名エッセイ集待望の文庫化。

●好評既刊
ありがとうございません
檀　ふみ

「ありがとう」と「すみません」を合わせて「ありがとうございません」。「超いい子」だった子どもの頃の思い出から、周囲を啞然とさせた失敗談までをユーモアたっぷりに綴る好評エッセイ集。

幻冬舎文庫

●好評既刊
小林聡美
ほげらばり〜メキシコ旅行記

気軽な気持ちで出掛けたメキシコ初旅行。しかし、待っていたのは修業のような苛酷な16日間……。体力と気力の限界に挑戦した旅を描いた、書くは涙、読むは爆笑の、傑作紀行エッセイ。

●好評既刊
小林聡美
凜々乙女

「人間は思い込みだ」と胸に秘め、つつましくもドタバタな毎日を駆け抜ける——。パスポート紛失事件、男性ヌード・ショウ初体験etc.カラッと明るく、元気が出てくるエッセイ集。

●好評既刊
小林聡美
東京100発ガール

酸いも甘いもかみ分けた、立派な大人、のはずの三十歳だけど、なぜか笑えることが続出。彼の誕生日に花ドロボーになり、新品のスニーカーで犬のウンコを踏みしだく……。独身最後の気ままな日々。

●好評既刊
小林聡美
案じるより団子汁

「いいの？　こんなんで」。謎のベールに包まれた個性派女優の私生活をここに初公開!?　自称口べたなのにもう誰にも止められない、抱腹絶倒の早口喋りが一冊に。群ようこ氏らとの対談も収録。

●好評既刊
小林聡美
マダム小林の優雅な生活

結婚生活も三年目に突入したマダム小林。家事全般をひきうけながらも、一歩外に出れば女優という職業婦人である。そんなマダム小林の日常は、慎ましやかだけど、なぜだか笑える事件続出！

どにち放《ほう》浪《ろう》記《き》

群《むれ》ようこ

平成14年4月25日　初版発行

発行者——見城　徹
発行所——株式会社幻冬舎
〒151-0051東京都渋谷区千駄ヶ谷4-9-7
電話　03(5411)6222(営業)
　　　03(5411)6211(編集)
振替00120-8-767643
印刷・製本—図書印刷株式会社
装丁者——高橋雅之

幻冬舎文庫

ISBN4-344-40232-4　C0195　む-2-5